© H. Peterova

Patricia Schröder, 1960 geboren, lebt mit Mann, zwei Kindern und einer Handvoll Tieren an der Nordsee. Sie hat Produktdesign studiert und arbeitet seit einigen Jahren als freie Autorin. Zuerst schrieb sie satirische Beiträge für den Funk, später Texte für Anthologien. Inzwischen hat sie zahlreiche Kinder- und Jugendromane veröffentlicht.

Weitere Bücher von Patricia Schröder
bei Fischer Schatzinsel:

Auserwählt (Bd. 80880)
Freundschaftsspiele (Bd. 80667)
Küssen erlaubt, verlieben verboten (Bd. 80704)
Liebe lieber nicht (Bd. 80494)
Scheiß Glatze, ich lieb dich (Bd. 80417)
Sommerferien, Sommerküsse (Bd. 80462)
Winterferien, Winterküsse (Bd. 80562)
Sommerlieben (Bd. 80552)
Zwischen Himmel und Hölle (Bd. 80495)
Vollmondkuss (gebunden)
Zwei durch dick und dünn (gebunden)

Patricia Schröder

Yella, Rachefee, verliebt

Fischer Taschenbuch Verlag

Fischer Schatzinsel
www.fischerschatzinsel.de

Veröffentlicht im Fischer Taschenbuch Verlag,
einem Unternehmen der S. Fischer Verlag GmbH,
Frankfurt am Main, März 2010

Lektorat: Ilona Einwohlt
Satz: Pinkuin Satz und Datentechnik, Berlin
Druck und Bindung: CPI – Clausen & Bosse, Leck
Printed in Germany
ISBN 978-3-596-80636-2

Nach den Regeln der neuen Rechtschreibung

➻ *Inhalt*

Black Friday

»Für dich«, sagt Mam, kaum dass ich zur Tür rein bin. Sie hält mir das Telefon hin und lächelt, so wie sie immer lächelt, wenn Noel am anderen Ende ist.
Ich drücke die Wohnungstür ins Schloss, streife meine Schuhe ab und drücke das Telefon an mein Ohr.
»Hey, Noey, wieso rufst du nicht auf dem Handy an?«
Ein Kichern ertönt. Dann platzt eine Stimme heraus: »Noey! – So heißt er also, dein Süßer! Und wir dachten schon, das ist alles bloß Show.«
Gacker. Gacker. Gacker.
»Hauptsache, ihr habt Spaß!«, knurre ich, drücke die blöden Hühner weg und stecke das Telefon in die Ladestation.
»Schon fertig?«, fragt Mam, als ich in die Küche komme.
»Was?«, kontere ich. »Das Essen?«
»Noch fünf Minuten«, erwidert sie, lässt sich auf ihren Stuhl sinken und blickt mich forschend an. »Wer war es denn? Jemand aus deiner Klasse? Oder Nella?«
»Jetzt fang nicht wieder mit der Leier an«, brumme ich.
Meine Mutter zieht die Brauen hoch und mustert mich forschend.
»Ihr habt euch immer noch nicht wieder vertragen, was?«

»Vertragen!«, sage ich spöttisch. »Mam, wir sind keine kleinen Mädchen mehr.«

»Nella war mal deine beste Freundin«, erwidert sie.

»Du sagst es«, erwidere ich. »*War*! Außerdem ist das nicht Nella gewesen. Du kennst ihre Stimme.«

Mam grinst missglückt und ich verdrehe die Augen.

Wenn ich an Manuela denke, kommt mir jetzt noch die Galle hoch. Okay, sie war meine beste Freundin. Wir haben jeden Tag zusammengehangen, über alles gesprochen, jeden Schokoriegel und sogar die Unterhosen miteinander geteilt. Im Schulorchester haben sich ihre Violine und mein Cello wie Zwillinge ergänzt. Wir waren Yella und Nella, das Dreamteam! Die Unzertrennlichen! Die, die nichts und niemand auseinander bringt! Ha!

Drei Jahre ging das so, von der fünften bis zum Ende der siebenten Klasse. Dann kam Luca an unsere Schule. Er war ein Jahr älter als wir. Superwitzig, supersweet und überhaupt. Es war Liebe auf den ersten Blick. Bei uns beiden natürlich. Wir verfolgten ihn auf Schritt und Tritt und versuchten, alles über ihn rauszubekommen. Nach zwei Wochen wussten wir, wo er wohnte, welche Musik er hörte, wie oft er zum Tischtennis ging, wen er so traf und – was das Wichtigste war: dass er keine Freundin hatte!

Bei Cola und Kerzenschein träumten Nella und ich gemeinsam davon, wie es wäre, in seinen Armen zu liegen und von ihm geküsst zu werden. Wochenlang quatschten wir nur davon. Und wir waren felsenfest davon überzeugt, dass es zwischen Unterhosen und Typen keinen großen Unterschied gibt.

Bis ich diese verdammte Sechs in Mathe schrieb und

Mam mir einen Nachhilfelehrer besorgte. Von da an war Nella zweimal die Woche alleine unterwegs. Doch sie hielt mich über alles, was Luca anging, auf dem Laufenden.

Dann kam der Tag, an dem Thomas, mein Nachhilfelehrer, krank war und ich überraschend Zeit hatte. Ich rief sofort bei Nella an, aber sie war nicht zu Hause. Egal, dachte ich und beschloss, Luca um halb sechs bei der Sporthalle aufzulauern. Bestimmt war Nella auch dort.

Und tatsächlich: Sie hockte direkt neben dem Eingang bei den Fahrradständern. Ich wunderte mich halb tot, dass sie sich nicht – so wie ich – hinter einem Baum versteckt hatte. Aber ich wunderte mich nicht lange. Kurz nach halb sechs kam Luca aus der Halle gestürmt. Er flog direkt in Nellas Arme und dann musste ich mit ansehen, wie sie sich einander fast auffraßen vor Leidenschaft.

Das ist jetzt ein knappes Jahr her und seitdem gibt es für mich keine beste Freundin und auch kein Cello mehr. Nie wieder werde ich einem Mädchen vertrauen. Nie, nie wieder! Streichmusik kann ich seitdem auch nicht mehr ertragen und mein ehemals so geliebtes Cello fristet nun sein Dasein in einer dunklen unbenutzten Ecke meines überdimensionalen Kleiderschranks.

»Wer war es dann?«, bohrt Mam weiter. »Doch nicht Noel?«

»Nein«, sage ich. Ich nehme Teller und Besteck aus dem Schrank und decke den Tisch.

»Aber mit ihm ist doch alles okay, oder?«, fragt sie.

»Weißt du was, Mam?«, sage ich und küsse sie auf die Backe. »Du bist schrecklich neugierig.«

Sie hebt die Schultern und grinst.
»Ich bin deine Mutter.«
»Und ich bin in der Pubertät«, sage ich. »Ich muss mich endlich von dir abnabeln. So steht es jedenfalls in allen Büchern.«
Tatsache ist: Allen Lehrbüchern zum Trotz verstehen meine Mutter und ich uns blendend. Was nicht heißen soll, dass ich ihr immer gleich brühwarm verklickere, was so in meinem Leben passiert oder was ich fühle und so. Aber ich weiß, dass ich es könnte.
Mam hört zu, sie behält jedes Geheimnis für sich, sie tröstet ohne dummes Gequatsche und sie lässt mich nicht spüren, dass sie mehr Lebenserfahrung hat als ich. Das Einzige, was sie nicht ertragen kann, ist, wenn man etwas nicht verzeiht.
Die Geschichte mit Nella zum Beispiel. Sie findet, dass ich das so langsam mal vergessen könnte.
»Du hättest damals mit ihr reden sollen«, sagt sie, als der Auflauf auf dem Tisch steht und wir unsere Teller füllen. »Bestimmt ist sie da so reingerutscht.«
»Und warum hat sie es mir nicht gesagt?«, entgegne ich wütend. »Wenn sie doch meine beste Freundin war?«
»Weil sie ein schlechtes Gewissen hatte«, sagt Mam.
»Sie wollte Luca nicht teilen«, fauche ich sie an. »Nur deshalb hat sie geschwiegen.«
»Vielleicht hatte sie auch Angst, dich zu verlieren«, erwidert meine Mutter.
»Zu Recht!«, sage ich und hacke auf die Blumenkohlröschen ein.
»Yella, es ist so lange her«, sagt Mam. »Das mit Nella und Luca ist schief gegangen. Und du hast inzwischen

Noel. Irgendwann muss man so etwas doch auch mal wieder vergessen.«

»Mam!« Es ist der pure Verzweiflungsschrei, der da aus meiner Kehle dringt. »Du verstehst mich einfach nicht.«

»Doch«, widerspricht sie. »Ich verstehe dich sogar sehr gut.«

»Aber?«

Sie streicht sich die kurzen dunkelblonden Locken hinters Ohr und schaut mich aus ihren hellen grauen Augen liebevoll an.

»Ich finde es einfach schade«, sagt sie. »Nella und du, ihr wart so ein tolles Gespann.«

»Genau, Mam. Das waren wir«, entgegne ich. »*Waaaren*, kapierst du?«

Ich frage mich, wann meine Mutter das endlich in ihren Schädel kriegt. Aber wie ich sie kenne, reden wir noch darüber, wenn wir beide alt und grau sind. Und natürlich ist das Thema für sie auch jetzt noch nicht gegessen.

»Okay, okay«, lenkt sie zwar ein, »vielleicht hast du ja Recht. Ich glaube allerdings, ich könnte das nicht«, fährt sie nach einer kurzen Pause fort. »Ich müsste das klären.«

»Du bist eben anders als ich«, sage ich.

»Und du bist in dem Punkt wie dein Vater.«

Mein Vater, den ich nicht kenne. Der einfach abgehauen ist, bevor ich das so genannte Licht der Welt erblickt habe. Er hat mir nicht einmal die Chance gegeben, ihn kennen zu lernen.

»Er weiß gar nicht, dass es dich gibt«, hat Mam immer gesagt.

Aber das glaube ich nicht. Womit ich nicht sagen will, dass sie mich belügt. Das macht meine Mutter nicht. Jedenfalls nicht vorsätzlich. Ich denke eher, dass sie die Geschichte mit meinem Vater verdrängt hat. Und zwar aus dem einfachen Grund, weil sie keine Chance hatte, sie zu klären. Er war einfach weg. Von heute auf morgen. Es hat nicht einmal so etwas wie einen Abschiedsbrief gegeben. Für Mam, die nichts so sehr hasst wie ungelöste Konflikte, muss das damals die Katastrophe schlechthin gewesen sein.

Ich habe immer akzeptiert, wie sie mit der Sache umgeht. Ich kann ja nicht einmal sagen, dass er mir fehlt. Das Einzige, was mich mittlerweile manchmal zwickt, ist die Neugier. Und deshalb sauge ich in letzter Zeit alles in mich auf, was meine Mutter mir über ihn erzählt. Bisher weiß ich allerdings nicht viel mehr über ihn als seinen Vornamen.

»Wer war es denn dann eben am Telefon?«, fragt sie betont beiläufig zwischen einem Stück Kartoffel und einer Gabel voller Kohlrabistiftel. »Wenn es weder Nella noch Noel gewesen sind?«

»Ach, bloß so ein paar dämliche Hühner aus meiner Schule«, sage ich.

»Und was wollten sie? Dich nach den Hausaufgaben fragen?«

»Nein.«

Ich starre auf meinen Teller und schiebe mir hastig einen Riesenhaps Gemüse zwischen die Zähne. Wer den Mund voll hat und gut erzogen ist, kann bekanntlich nicht reden.

»Was dann?«

Ich spüre Mams Röntgenblick auf meiner Stirnplatte.

Und ich weiß, ich habe keine Wahl. Notfalls würde sie mir ein Loch bis ins Gehirn schmoren.
»Sie wollten mich nur ein bisschen hochnehmen«, sage ich.
»Nur ein bisschen hochnehmen? Was soll das heißen?«
»Sie machen sich lustig«, stoße ich hervor. »Wahrscheinlich brauchen sie das.«
»Worüber?«, fragt Mam. »Yella, worüber machen die sich lustig?«
»Mam, jetzt reg dich nicht auf, ja«, erwidere ich. »Das sind dumme Zicken. Und ich bin mittlerweile fast fünfzehn, ich kann das ab.«
»Schon gut«, sagt meine Mutter. »Es ist nur …«
»Ja …?«
Ich hebe den Kopf und unsere Blicke treffen sich.
»Seit der Sache mit Nella«, sagt sie. »Seitdem mache ich mir ein bisschen Sorgen um dich. Weil du keine beste Freundin mehr hast. So jemanden braucht man nämlich. Gerade, wenn man fast fünfzehn ist.«

Ich versuche das, was meine Mutter gesagt hat, zu vergessen. Und jenes, was diese blöden Zicken ins Telefon gekichert haben, ebenfalls. Sie haben nämlich nicht die geringste Ahnung. Und Mam auch nicht. Jedenfalls nicht, was das Thema beste Freundin angeht. Selbst wenn ich mir allergrößte Mühe gebe, Manuela zu verstehen, es klappt einfach nicht. Die Tatsache, dass sie im letzten Halbjahr die Schule gewechselt hat, macht die ganze Sache zwar ein wenig erträglicher, aber meine Wut und Enttäuschung sind immer noch übermächtig.

Und die Erkenntnis, dass ich am besten mit mir allein zurechtkomme, erst recht.
Mich selbst kenne ich schließlich in- und auswendig. Und was das Beste ist: Auf mich kann ich mich hundert Prozent verlassen. Diese Garantie ist einzigartig und gibt mir außer mir selbst allenfalls noch meine Mutter.
Und Noel, natürlich.
Ach, Noel! Ich komme. Ich fliege sozusagen. Meinem Herzen hinterher und mit der Straßenbahn quer durch die Stadt. Die U-Bahn ist zwar doppelt so schnell, aber sie liegt mir einfach nicht.
Zu dunkel drumherum und zu viele Leute mit finsteren Gesichtern darin. Wahrscheinlich bedingt das eine das andere und ich habe keine Lust, mich davon anstecken zu lassen. Ich bleibe lieber dort, wo es hell ist. Wo Fröhlichkeit zu finden ist und ich den Überblick behalten kann.

Als ich den Kopf durch seine Zimmertür stecke, weiß ich sofort, dass etwas anders ist. Noel liegt nicht auf dem Bett. Er hat nicht den *Sennheiser* auf und er hört nicht unser Lied. Er hockt auf seinem Drehstuhl vor dem Computer und er schaut mich nicht an, sondern starrt vor sich hin aus dem Fenster.
»Hey, was ist los?«, frage ich. »Sind wir nicht verabredet?«
Das dumme Gefühl schüttele ich ab.
»Doch«, sagt er. »Ich hab bloß vergessen, dich anzurufen.«
»Was denn, vergessen?« Ich gehe auf ihn zu, lege ihm

die Arme um den Hals und drücke mein Gesicht in seine dunkelblonden Locken. »Hast du etwa was anderes vor?«

»Nein«, sagt er. – Viel zu schnell. »Doch«, korrigiert er sich dann. »Yella … ich …«

Ich spüre einen leichten Schwindel.

»Ja, was ist denn?«, presse ich hervor.

Noel drückt meine Arme weg. Er springt vom Stuhl hoch, schiebt die Hände in die abgewetzten Taschen seiner Jeans und läuft unruhig hin und her.

»Ich weiß nicht, wie ich es dir sagen soll …«

Mein Herz stockt. Dann rast es los. Mir ist übel-übel-übel. Kotzschlecht.

»Ich war bei der Frauenärztin«, schießt es aus mir heraus. »Sie verschreibt mir die Pille. Das ist überhaupt kein Problem. Schließlich bin ich schon fast fünfzehn.«

Keine Ahnung, warum ich das sage. Es kommt mir so vor, als ob ich einen Rettungsanker werfen würde. Ganz instinktiv. Und gleichzeitig weiß ich, dass es völlig verkehrt ist.

»Darum geht es doch jetzt gar nicht«, sagt Noel.

Er bleibt stehen und guckt mich an.

Ich könnte auf der Stelle mit dem Teppich verschmelzen. So wie immer, wenn er mich anschaut.

Du liebst mich noch, denke ich. Ich sehe es an deinen Augen. Die lügen mich nicht an. Bitte sag jetzt nichts mehr. Mach einfach unser Lied an, nimm mich in die Arme und küss mich. Und dann ist alles so wie immer.

»Ich bin eingeladen«, sagt Noel und guckt wieder weg.

»Wo denn?«, frage ich.

»Auf eine Party.«

»Ja und?«
»Ein Mädchen aus meiner Klasse hat Geburtstag.«
»Ein Mädchen aus deiner Klasse?«
Noel nickt.
»Und deshalb kann ich nicht mit?«, frage ich.
Meine Stimme zittert.
»Genau«, sagt Noel.
Er dreht sich von mir weg und schaut wieder aus dem Fenster.
»Aber wieso gehst du da überhaupt hin?«, schreie ich los. »Ohne mich? Du hast noch nie was ohne mich gemacht!«
»Jetzt dreh nicht gleich durch«, sagt Noel. »Früher war ich immer ohne dich unterwegs.«
Ja, früher. Als wir noch nicht zusammen waren.
»Was heißt das?«, fahre ich ihn an. »Dass du Schluss machen willst?«
»Yella …«, sagt er zum Fenster.
»Jetzt rede endlich! Warum nimmst du mich nicht mit? Wieso gehst du allein zu dieser Party?«
»Weil sie dich nicht kennt. Warum sollte sie dich einladen?«, erwidert er.
»Weil du mein Freund bist. Weil wir zusammen sind.«
Meine Stimme überschlägt sich. Aber das ist mir egal. Soll er doch denken, dass ich hysterisch bin. Bin ich ja auch. Immerhin geht es um was! Um unsere Liebe. Um mein Leben, mein Glück. Um alles.
»Und wenn schon«, sagt Noel. Er ist so ruhig. So abartig ruhig. Und so kalt. »Wir sind doch nicht verheiratet.«
»Es ist also Schluss?«, sage ich.
Noel schweigt.

Ich glotze auf seinen Rücken. Seine breiten Schultern, seinen Nacken, in dem sich die blonden Haare kringeln.

Bitte dreh dich um, denke ich. Dreh dich um und küss mich. Sag, dass das nur ein dummer Scherz war. Dass du mich bloß testen wolltest.

»Ich weiß es nicht, Yella«, sagt Noel.

»Aber …?«

Warum? Warum? Warum?

»Vorgestern war doch noch alles okay«, sage ich. »Wieso soll es auf einmal anders sein?« Das hätte ich doch merken müssen. »Wie heißt sie überhaupt?«

»Das ist doch völlig egal«, sagt Noel.

Mir aber nicht! Ich will wissen, wer sie ist. Wie sie aussieht und wie sie ist. Ich will alles über sie wissen! – Bevor ich sie umbringe.

Ja, ich schwöre, genau das werde ich tun! Ich lasse mir doch nicht schon wieder alles kaputtmachen!

»Noel!«

Mein Gesicht ist heiß und ich fange an zu heulen.

»Jetzt wein doch nicht«, sagt er.

»Aber ich lieb dich doch«, schluchze ich.

Endlich steht er auf. Er steht auf und kommt auf mich zu und nimmt mich in die Arme. Ich drücke mein nasses Gesicht in sein T-Shirt und sauge seinen Duft in mich auf. Das darf keine andere. Niemals darf eine andere ihre Nase in sein Hemd drücken und ihn einatmen. Das überlebe ich nämlich nicht.

»Yella, ich halt das nicht mehr aus«, höre ich ihn murmeln. »Jeden Tag. Das ist mir zu eng. Ich muss auch mal wieder was alleine unternehmen. Mit Mel und mit Konny …«

»Aber das kannst du doch«, jaule ich. Ich hab doch gar nichts dagegen. »Bitte geh nicht auf diese Party.«
Er drückt mich weg.
»Yella …«
Drei Sekunden später stehe ich im Flur. Ich wische mir die Tränen aus dem Gesicht, dann stürze ich auf die Tür zu.
Noel hat nicht versucht, mich aufzuhalten. Ich wette, er hat nicht mal drüber nachgedacht.
Dieser Feigling!
Traut sich nicht, mir ins Gesicht zu sagen, dass Schluss ist. Stattdessen tut er so, als ob er bloß ein bisschen mehr Freiheit braucht. Ausgerechnet jetzt, wo wir miteinander schlafen wollten.
Wochenlang haben wir darüber geredet, es zu tun. Abwechselnd haben wir uns gesagt, dass wir es noch zu früh finden. Trotzdem wäre es zweimal fast passiert.
Nur deshalb bin ich zur Frauenärztin. Mam hat auch gemeint, dass es besser ist. Das mit der Pille war allerdings eine Lüge. Ein Rettungsanker eben. Ich wollte, dass Noel klar ist, wie ernst es mir mit ihm ist. In Wahrheit habe ich das Rezept, das ich von der Frauenärztin bekommen habe, zwei Tage später im Papiermüll versenkt, weil mir klar geworden ist, dass ich eh noch nicht so weit bin.
Mit gesenktem Kopf renne ich zur Haltestelle zurück. Als ich dort ankomme, fährt mir die Bahn genau vor der Nase weg. Ich habe keine Lust rumzustehen und mich von den Leuten anstarren zu lassen.
Ich will einfach nur allein sein. Und darüber nachdenken, was ich tun soll. Also renne ich weiter in Richtung Innenstadt.

Zum Glück kommen keine neuen Tränen mehr. Und die Leute glotzen auch nicht. Offenbar sind alle mit ihrem eigenen Senf beschäftigt.
Plötzlich stehe ich an einer U-Bahn-Station. Ich stoppe und starre die Rolltreppe hinunter. Eigentlich passt die Dunkelheit genau zu meiner Stimmung. Ich überlege nicht lange und setze meinen Fuß auf die Stufe, die vor mir aus dem Boden gleitet. Langsam fahre ich hinunter. Finsternis, Depression und Schmerz öffnen ihr gieriges Maul und verschlucken mich.
Oh, ich hasse sie, diese gottverdammte Welt!
Vor allem aber hasse ich jedes einzelne blöde Weibsstück, das seine Lebensaufgabe darin sieht, mir das Dasein zur Hölle zu machen.
Die Stufe schiebt sich wieder in den Boden und ich betrete den Magen der Finsternis. Die Leute um mich herum interessieren mich nicht, ich achte überhaupt nicht auf sie, sondern gehe zielstrebig bis zur Mitte des Bahnsteigs und starre gegen die bizarr verschmierten Magenwände.
Ich brauche nicht lange zu warten, dann kommt eine passende Höllenlok. Ich zwänge mich hinein und stelle mich auf der gegenüberliegenden Seite in die Tür. Vielleicht habe ich Glück und sie öffnet sich während der Fahrt und kotzt mich für immer und ewig in die Dunkelheit.
Es sind blöde Gedanken. Aber sie tun mir gut. Wut und Hass sind tausendmal besser als dieser bohrende Schmerz, der sich in meiner Brust ausbreitet, sobald ich an Noel denke.
Nein, nein, nein!
Ich will nicht! Ich will, dass es ihn nie gegeben hat. Dass

ich gleich wieder ins Tageslicht hinaufsteige und meine Erinnerung an ihn ausgelöscht ist.
Die Bahn rast in eine Kurve. Ich höre das Quietschen der Räder in den Schienen, graudunkle Betonträger und winzige Lichter sausen an mir vorbei. Mein Gesicht spiegelt sich in der Scheibe. Ich sehe die halblangen krausen Haare, die großen dunklen Augen und den fein geschwungenen Mund.
Eigentlich mag ich mein Gesicht. Ich fand mich zwar nie besonders schön, aber auch nie hässlich. Und ich habe auch nie den Anspruch gehabt, besser auszusehen. Schminke mag ich nicht. Und besondere Klamotten trage ich auch nicht. Ich bin so, wie ich bin. Und ich könnte Noel dafür erwürgen, dass er mich nicht einfach so weiter liebt, wie ich bin.
Das Quietschen unter mir verebbt. Es klackt in den Lautsprechern und eine mechanische Frauenstimme erklingt.
»Nächster Halt Worrisplatz. Ausstieg in Fahrtrichtung rechts.«
In der Scheibe der zweiten Tür taucht eine verhüllte Gestalt auf. Eine Frau in einer Burka, denke ich. Dann sehe ich die Maske. Dunkle Gläser über den Augen und eine Art Schnorchel zum Atmen. Wie ein Insekt.
Fast hätte ich aufgeschrien.
Das Insekt guckt stur in die Scheibe. Es ist ein wenig kleiner als ich. Vielleicht einen halben Kopf. Das Tuch über seinem Schädel ist hellbeige und reicht ihm bis zur Taille. Seine Arme, dick verpackt bis zu den Handgelenken, enden in schwarzen Plastikhandschuhen. Nicht ein Millimeter Haut ist zu sehen. Weder an den Armen noch im Gesicht. Und auch kein einziges Haar.

Vielleicht eine Selbstmörderin. Eine palästinensische Märtyrerin, die jeden Augenblick den Zünder aktiviert und den halben Zug in die Luft sprengt.
Allerdings tragen die keine Insektenmasken. Das wäre ja viel zu auffällig. Man würde sie schnappen, bevor sie ihre Mission zu Ende bringen könnten.
Wer bist du?, denke ich. Warum zur Hölle rennst du in diesem Aufzug durch die Gegend? Reicht es dir nicht, durch die Dunkelheit zu rasen, musst du die Finsternis auch noch mitnehmen bis nach oben ans Tageslicht?
Der Zug bremst und braust in die hell erleuchtete Station ein. Er stoppt, die Türen öffnen sich schnaufend und die Insektenmaske tritt auf den Bahnsteig hinaus. Zielstrebig steuert sie auf die Rolltreppe zu. Natürlich wird sie von allen angestarrt. Die meisten Leute gehen zur Seite und machen einen Riesenbogen um sie herum, als ob sie befürchteten, mit einem tödlichen Virus infiziert zu werden.
Na, klar, das ist es! Ein Virus! Andererseits lässt man solche Menschen nicht einfach herumlaufen, sondern steckt sie in Quarantäne.
Wie hypnotisiert stiere ich dem Insekt, das inzwischen die Rolltreppe erreicht hat, hinterher. Und plötzlich stehe ich ebenfalls auf dem Bahnsteig. Hinter mir rollt der Zug los.
Ich sehe das taillenlange Tuch sanft flattern und setze mich in Bewegung. Ich drängele mich durch die Leute und haste die Stufen neben der Rolltreppe hinauf. Das Insekt biegt nach links ab, dann wechselt es die Straßenseite. Ich bleibe ihm mit fünf, sechs Metern Abstand auf den Fersen.
Wir laufen an einigen kleineren Geschäften vorbei. Blu-

menladen, Schlüsseldienst, ein Drogeriemarkt. Schließlich verschwindet das Insekt im Eingang eines mehrstöckigen Hauses, das direkt an einem Spielplatz liegt. Es ist ein frisch gestrichener Altbau mit hohen Fenstern und einem Erker im zweiten Stockwerk.

Ich bleibe kurz stehen und warte. Nach ein paar Sekunden laufe ich wieder los und schleiche möglichst unauffällig an dem Hauseingang vorbei. Die Tür fällt gerade ins Schloss. Aus den Augenwinkeln registriere ich die Nummer 87.

Ich stoppe und schaue auf die Klingelschilder und plötzlich frage ich mich, was ich hier überhaupt mache. Bin ich denn von allen guten Geistern verlassen, einem wildfremden Menschen hinterherzuspionieren? Noch dazu ohne triftigen Grund!

Und trotzdem lässt mich diese seltsame insektenhafte Verkleidung nicht los. Welcher vernünftige Mensch rennt in einer solchen Aufmachung durch die Gegend? Mir fällt einfach keine Erklärung dafür ein.

Seufzend werfe ich noch einen Blick auf die Klingelschilder und trotte dann mit gesenktem Kopf zur U-Bahn-Station zurück.

Verzweiflungstaten

Ich stehe bereits auf der Rolltreppe, da lehnt sich plötzlich alles in mir auf, noch einmal in die U-Bahn-Station hinunterzufahren. Hastig drehe ich mich um und renne die auf mich zu rollenden Stufen zurück. Eine Frau motzt mich an, weil ich eine ihrer fetten Einkaufstüten streife, und ganz oben kommt mir ein Typ entgegen, der nur blöd grinst und meint:
»Schwimmst du immer gegen den Strom?«
»Ich schwimme nicht, ich renne!«, fauche ich ihn an.
Auf dermaßen selten dumme Sprüche kann ich ja gar nicht!
»Na, dann«, sagt er, »drück ich dir die Daumen, dass du auch ankommst.«
Ich strecke ihm die Zunge raus und renne weiter. Mein Ziel ist die Straßenbahnhaltestelle an der Chemnitzer Brücke. Von dort aus werde ich mich wieder nach Hause kutschieren lassen und mir dabei in aller Ruhe überlegen, wie ich Mam dazu kriege, mir heute ausnahmsweise etwas länger Ausgang zu gewähren.

Sie liegt auf dem Sofa und stöbert in ihren geliebten Einrichtungskatalogen. Mam ist freischaffende Raumgestalterin, was sich irgendwie so ergeben hat. Früher war sie mal Arzthelferin, aber das hat sie nie wirklich interessiert. Vor ungefähr drei Jahren hat sie unserer Nachbarin aus lauter Spaß an der Freud dabei geholfen, ihr Wohnzimmer neu zu stylen, und seither ist sie so eine Art Geheimtipp.

Ich schiebe mich neben sie aufs Sofa und küsse sie auf die Backe.

»Nanu? Schon zurück?«, fragt sie und lässt die Zeitschrift sinken.

»Noel hat einen Termin«, sage ich. »Und keiner von uns hat dran gedacht.«

Sie streicht mir über den Arm. »Traurig?«

Ich zucke die Schultern. »Hmm. Ein bisschen.«

Eigentlich kann ich Mam alles erzählen, aber diesmal geht es einfach nicht. Das mit Noel, das muss ich alleine verarbeiten. Ich will dazu keine Ratschläge. Selbst wenn sie superlieb gemeint sind.

»Vielleicht könnte ich dafür heute Abend noch mal weg«, sage ich vorsichtig. »Ich meine, ein bisschen länger als sonst.«

Mam schmückt sich eine Steilfalte auf die Stirn.

»Was hast du denn vor?«, will sie wissen.

»Ach«, sage ich. »Eine aus meiner Klasse startet heute eine Art Spontanfete.«

Sie runzelt die Stirn. »Eine Art oder eine Fete?«

»Mam, du bist blöd«, sage ich.

»Vielen Dank!«

»Sorry, war nicht so gemeint.«

»Natürlich war es das«, sagt sie und grinst.

»Trotzdem sorry«, sage ich und grinse ebenfalls.

Irgendwelche unterschwelligen Spannungen kann ich jetzt nämlich nicht gebrauchen.

»Sie hat Geburtstag«, erkläre ich meiner Mutter. »Eigentlich wollte sie gar nicht feiern. Aber heute ist ihr dann auf einmal eingefallen, dass das irgendwie doof ist.«
»Aha«, sagt Mam.
Ich zucke die Schultern. »Also …? Darf ich?«
»Bis wann?«
»Elf?«, pokere ich hoch.
Meine Mutter schüttelt den Kopf.
»Och, bitte!«
»Nein.«
»Ausnahmsweise, Mam, bitte!«
Sie schaut zur Zimmerdecke und seufzt – was schon mal kein schlechtes Zeichen ist.
»Wer ist sie überhaupt?«, will sie wissen. »Eine von denen, die heute Mittag angerufen haben?«
»Nein«, sage ich. »Aber die kommen natürlich auch.«
»Und?«
»Was und?«, frage ich.
»Na, wie sie heißt, wo sie wohnt … ecetera, ecetera …«, fordert Mam.
»Willst du davon etwa abhängig machen, wie lange ich auf diese Party darf?«, sage ich erstaunt.
»Nein.« Sie tätschelt meine Hand. »Aber ich wüsste natürlich schon gerne, wo du so spät abends noch hingehst.«
Tja, wenn ich das selber so genau wüsste … Vielleicht hätte ich besser sagen sollen, dass ich mit Noel unterwegs bin. Kurzerhand disponiere ich um.
»Außerdem will Noel da nach seinem Termin auch noch hinkommen«, sage ich hastig. »So ab zehn ungefähr.« Ich intensiviere meinen Bettelblick. »Und da

wäre es doch schade, wenn ich gerade dann schon wieder wegmuss.«
»Warum hast du das denn nicht gleich gesagt?«, erwidert Mam.
»Du erlaubst es also?«
Sie guckt mir tief in die Augen.
»Ausnahmsweise«, sagt sie schließlich und ich falle ihr jubelnd um den Hals.

Dabei ist mir überhaupt nicht danach – nach Jubeln. Aber ich muss ja nun mal so tun, als ob. Richtig wohl fühle ich mich bei dieser Lügerei allerdings nicht. Aber erstens bringe ich es einfach nicht, Mam zu erzählen, dass mir schon wieder ein Mädchen meinen Typen ausspannt. Und zweitens würde sie mir das geplante Hinterhergespioniere schlichtweg verbieten.
Ich verziehe mich in mein Zimmer und packe das Lateinbuch und meinen Hefter aus. Für morgen muss ich noch einen Absatz römisches Kriegsgeschehen übersetzen. Und eventuell noch ein bisschen an meinem Erdkundereferat weiterarbeiten.
Südafrika! – Das Thema habe ich mir ausgesucht, weil es ein Traum von Noel und mir war, irgendwann einmal dorthin zu fliegen. Zusammen natürlich, nach dem Abi vielleicht.
»Das kannst du jetzt knicken, Yella«, murmele ich.
Plötzlich taucht das Bild vor mir auf, wie Noel Arm in Arm mit einem fremden Mädchen in einem Jeep durch die weite afrikanische Landschaft braust.
Meine Augen fangen an zu brennen und im nächs-

ten Augenblick breche ich schluchzend über meinem Erdkundebuch zusammen. Seitdem ich vorhin Noels Zimmer verlassen habe, agiere ich wie ein von Wut gesteuerter Roboter. Erst jetzt, in diesem Augenblick begreift mein komplettes Ich das ganze Ausmaß der Katastrophe.

Vorhin habe ich noch *gedacht*, dass mein Leben in Scherben liegt, jetzt *fühle* ich es! Wie ein schwerer verzweifelter Schmerz bohrt es sich in mein Herz.

Nie wieder werde ich mit Noel lachen, nie wieder in seinen Armen liegen, seinen Duft atmen, seine Haut streicheln, seine wunderbaren Lippen küssen. Sein Zimmer, das mir bis in den kleinsten Winkel so vertraut ist wie mein eigenes, wird ab sofort fremdes Terrain für mich sein. Nie wieder werde ich es einfach so betreten. Jede Geste, jede Berührung, alles, was über viele Wochen so absolut selbstverständlich für mich gewesen ist, ist ab sofort tabu.

Ich fühle mich abserviert. Kaltgestellt.

Und wieder packt mich die Wut. Ich springe auf und balle die Fäuste.

»Du hast doch schon einen Plan, Yella«, rede ich mir zu. Nämlich Noel auf die Party folgen und herausfinden, wer diese verdammte Tusse ist.

»Super!«, bewundere ich mich. »Und dann? Was machst du dann? Mit einer Axt die Tür zertrümmern und der feinen Lady den Schädel einschlagen?«

»Nein, meine Liebe«, erwidere ich. »Das ist doch viel zu martialisch. Da gibt es in unserer zivilisierten Welt inzwischen wesentlich ausgefeiltere Methoden. Die sind in ihrer Wirkungsweise zwar etwas langwieriger, im Ergebnis aber dafür umso nachhaltiger.«

»Klingt gut«, lobe ich mich. »Jetzt bin ich aber wirklich gespannt.«
»Das kannst du auch«, brumme ich und wische mir entschlossen die Tränen aus dem Gesicht.
Ich stopfe die Geographieunterlagen in meine Tasche zurück und erkläre Hausaufgaben im Allgemeinen und im Besonderen kurzerhand zur Neben- und die Aktion Noel-Zurückgewinnen zur absoluten Chefsache.
Anstatt ein trockenes Referat zu verfassen, ist nun eine feuchte Dusche mit anschließendem Styling angesagt.
Hastig reiße ich meinen Kleiderschrank auf und fische schon mal die geilsten Klamotten heraus, die ich besitze: ein T-Shirt, dessen Kragen mir zwar fast die Kehle abschnürt, aber dafür wenigstens einigermaßen tailliert ist, und eine Röhrenjeans aus dem vorigen Jahrhundert, von der ich hoffe, dass sie mir überhaupt noch passt.
Ehrlich bemüht, mich vorerst nicht ernüchtern zu lassen, eile ich unter die Dusche und hülle mich großzügig in den sündhaft teuren Exotikduft, den Mams neues Duschgel auf meiner Haut entfaltet. Zur Krönung salbe ich noch meinen Körper mit der dazu passenden Lotion und husche danach unbehelligt von berühmtberüchtigter mütterlicher Spürnase in mein Zimmer zurück, wo ich in die bereitgelegten Sachen schlüpfe.
Nach einem schweißtreibenden Zappel-Kampf in der Waagerechten auf dem Teppichboden passt die Jeans tatsächlich noch. Als ich mich dann jedoch ächzend und stöhnend unter eher weniger als mehr graziösen Körperhaltungen in die Senkrechte zurückgearbeitet habe, stelle ich fest, dass meine Bewegungen von der Hüfte an abwärts nun leider etwas steif sind.
Ich stakse eine Weile unter meinem eigenen kritischen

Blick vor dem Spiegel auf und ab und gewinne dieser Steifheit nach einer kurzen Phase der Gewöhnung schlussendlich doch noch eine gewisse Erotik ab.
Noel werden jedenfalls die Augen aus dem Kopf fallen, da bin ich mir ganz sicher. Immerhin kennt er mich nur als lässig-schlabberig gekleidetes Nature-Girl, das auf das Hervorheben körperlicher Reize, sei es durch Klamotten oder durch Schminke, aus tiefer innerer Überzeugung bisher stets verzichtet hat.
Ich streife das T-Shirt über, das bei der letzten Wäsche erfreulicherweise ein bisschen eingegangen zu sein scheint und nun einen schmalen Streifen nackter Bauchhaut hervorblitzen lässt.
Hochzufrieden stakse ich ins Bad zurück, föhne mir die Haare kreuz und quer über Kopf und knete sie anschließend konsequent mit Mams Haarwachs durch. Sie wirken dadurch zwar ein bisschen schwer, aber davon lasse ich mich nicht abschrecken. Hauptsache wild und sexy! Das ist jetzt mein Motto und davon wird mich nichts und niemand mehr abbringen. Im Gegenteil! Mit fiebrigen Fingern mache ich mich über Mams Schminktäschchen her und betupfe meine Lippen mit schimmerndem orangerotem Gloss. Als absolutes Highlight male ich mir dann noch einen Lidstrich über die Wimpern. Er gerät zwar über der Lidmitte und den äußeren Augenwinkeln ein wenig außer Kontrolle, aber gut – das hat schließlich auch nicht jede!
Ich tappe in den Flur und schlüpfe in meine Sneakers. Schnürsenkelzubinden erweist sich allerdings als völlig unmöglich. Die steife Röhre erlaubt es mir einfach nicht, meine Hände tiefer als bis zu den Schienbeinen zu senken.

»Mist!«, fluche ich leise, richte mich wieder auf und schaue geradewegs in Mams amüsiertes Gesicht.
»Kann ich dir helfen?«
»Äh ...«, sage ich. »Nein, geht schon.«
Sie mustert mich von oben bis unten und ich sehe genau, dass sie nur mit Mühe und Not ein Lachen unterdrücken kann.
»Es wäre kein Problem für mich. Du warst zwar noch im Kindergarten, als ich dir das letzte Mal die Schuhe zugebunden habe, aber ...«
»Kein Problem«, sage ich hastig. »Das soll so!«
»Aha«, sagt Mam. »Und wenn du drüber stolperst oder irgendwo damit hängen bleibst, dann soll das wohl auch so, oder was?«
»Ja«, sage ich, fische meine Jeansjacke vom Haken und streife sie über.
»Ich könnte dir auch einen geraden Lidstrich machen«, bietet meine Mutter mir an. »Und die Haare ...«
»Du bist gemein!«, presse ich hervor und dann kommen mir zu allem Überfluss auch noch die Tränen.
»Mensch, Yella!« Mam schlingt die Arme um mich herum, drückt mich sanft an sich und streichelt mir den Nacken. »Es ist bei jeder doch irgendwann das erste Mal.«
Ich lasse ein paar Tränen in ihre Sweatjacke kullern, dann folge ich meiner Mutter wie ein treudoofer Dackel ins Bad. Mam entfernt mir mit einem in Abschminklotion getränkten Wattebausch den Lidstrich à la Wellaform und ersetzt ihn durch einen schnurgeraden à la Brigitte Bardot. Danach zupft sie mir noch ein bisschen in den Haaren herum, macht einen Schritt zurück und nickt.

»Das ist schon viel besser.«
»Danke«, sage ich und schlurfe in den Flur zurück.
»Halt!«, ruft Mam.
Ich bleibe stehen. Sie geht vor mir in die Knie und bindet mir die Sneakers so fest zu, als hätte sie Angst, dass mir sie jemand von den Füßen pflücken könnte.
»Aber bitte keinen Doppelknoten«, flehe ich
»Keine Panik«, erwidert sie und ächzt sich auf die Füße zurück. »Wir wollen ja nicht gleich übertreiben, nicht wahr?« Sie nimmt mein Gesicht in ihre Hände und drückt mir einen Kuss auf die Nase. »Viel Spaß, meine Süße«, wünscht sie mir. »Und treib's bloß nicht zu wild.«
Du ahnst ja nicht, Mam, denke ich. Aber wie sollte sie auch! Wenn ich plötzlich so verschlossen und unredselig bin.

Obwohl es in der Straßenbahn jede Menge freie Sitzplätze gibt, bleibe ich lieber stehen, denn ich befürchte, dass die Jeans sich gegen jede Art der Querbewegung mit mehr oder weniger dramatischen Rissen wehren wird.
Aber egal – schließlich will ich dem, was mich heute erwartet, ohnehin möglichst standhaft in die Augen blicken. Ein Vorsatz, der allerdings dahinschmilzt wie Butter in der Sonne, je näher ich dem Haus komme, in dem Noel wohnt.
Himmel und Hölle! Ein solches Herzklopfen hatte ich zuletzt, als ich das erste Mal mit ihm verabredet war. Wenn ich damals geahnt hätte, wie schnell diese wun-

dervolle einmalige Liebesgeschichte wieder vorbei sein würde!

Verdammt noch mal, Yella, sage ich mir. Das wird sie nicht. Du wirst um Noel kämpfen wie eine Löwin – und wenn du ringsherum nur verbrannte Erde hinterlässt. Ein zweites Mal lässt du dir deine große Liebe jedenfalls nicht wieder von einem anderen Weibsstück zerstören. Völlig schnurz, ob es sich dabei um deine beste Freundin handelt oder nicht!

Doch Wut und Kampfgeist auf der einen und abgrundtiefe Verzweiflung und Verletztheit auf der anderen Seite einigermaßen in der Waage zu halten, ist gar nicht so einfach. Als ich die Bahn an der Ludwigstraße verlasse, fühle ich mich wie ein Schlabberpudding und stakse auf wackelweichen Beinen den Bürgersteig entlang. Kurz vor Nummer 67 würde ich am liebsten gleich wieder umkehren und mich heulend unter meiner Bettdecke verkriechen, aber was soll's, jetzt kann ich nicht mehr zurück.

Erstens wegen Mams hundertmillionen Fragen. Und außerdem lässt das zweitens auch mein Stolz nicht zu.

Ich gehe also zielstrebig an Noels Haustür vorbei und postiere mich strategisch günstig zwei Eingänge weiter, wo ich mit pulsierenden Schläfen auf meinen Einsatz warte.

Inzwischen ist es kurz vor halb acht. In der Regel beginnen Partys so gegen acht, frei nach Adam Riese müsste Noel demnach so langsam auftauchen. Tut er aber nicht. Stattdessen öffnet sich hinter mir plötzlich die Haustür und eine Stimme fragt mich, ob ich irgendwelche Probleme hätte.

»Quatsch, wieso?«, erwidere ich und wirbele herum.

Die Stimme kommt mir irgendwie bekannt vor. Und der Typ, der da steht und mich mit großen Augen anstarrt, nach einigen Sekundenbruchteilen Zellenbeleuchtung ebenfalls. Es handelt sich um den Knallkopf, der mir heute Nachmittag auf der Rolltreppe begegnet ist.
Dieser dusselige Typ kriegt diesen dummen Zufall natürlich völlig in den falschen Hals.
»Sieh an, sieh an«, sagt er und grinst as breit as breit can. »Könnte es vielleicht sein, dass du mir hinterherspionierst?«
»Du bist wohl gar nicht eingebildet, was?«, knurre ich.
»Und schick aufgebrezelt hast du dich auch noch«, stellt er unbeirrt höhnisch fest. »Alles nur für mich?«
»Ach, du hast ja keine Ahnung!«, fauche ich ihn an. »Lass mich doch einfach in Ruhe!«
»Gerne, wenn du mich endlich vorbeilässt.«
Erst jetzt ticke ich, dass ich den gesamten Ausgang blockiere. Ich versuche die aufsteigende Hitze in meinen Körper zurückzudrücken und trete hastig zur Seite.
»Geht doch«, sagt der Typ. »Danke. Ich muss nämlich auf 'ne Party.«
»Wie schön für dich«, presse ich hervor, während ich die Pflastersteine bewundere. Ich sehe ein Paar schwarze DocMartens eine ebenso schwarze Jeans wegbewegen und hebe meinen Blick. Der Typ trägt eine ausgewaschene grüne Jacke. Er hat kurze schwarze Haare und einen Pickel im Nacken.
Von mir aus geht doch alle auf Partys, denke ich wütend. Ich brauch so was nicht. Ich brauche nur Noel.
Ach, du Scheiße! Siedend heiß wird mir klar, dass ich schon eine halbe Ewigkeit nicht mehr zu seinem Haus-

eingang hinübergeschielt habe. Hoffentlich habe ich ihn jetzt nicht verpasst!
Ich beuge mich vor und stürze beinahe den Absatz hinunter. Just in diesem Moment taucht er auf. Noel! In seiner besten Jeans und einem seiner obligatorischen weißen T-Shirts. Seinen graublauen Lieblingspulli hat er lässig über die Schulter geworfen und seine lockigen Haare sind frisch gewaschen. Das sehe ich selbst auf diese Entfernung; ich glaube sogar, sein Shampoo riechen zu können.
»Noel!«
Der Schrei erstickt in meiner Kehle. Am liebsten würde ich auf ihn zustürzen, mich an seinen Hals schmeißen und ihn anflehen, nicht zu der Party zu gehen.
»Bitte, bleib bei mir«, flüstere ich stattdessen. »Bitte, bitte, bitte!«
Gib mir die Chance, dich noch einmal zu fühlen, zu streicheln, zu küssen. Bitte, bitte! Ich schwöre dir, dann würdest du es dir bestimmt anders überlegen. Mensch, Noel, ich war doch schon fast so weit, mit dir zu schlafen, denke ich verzweifelt.
Doch es nützt nichts. Bei anderen Menschen mag diese Art von Gedankenübertragung ja klappen. Ich bin diesbezüglich offensichtlich nicht besonders medial. Und so bleibt mir nichts, als mit bibbernden Knien und zugeschnürter Kehle in gebührendem Abstand hinter ihm herzulaufen und innerlich weiterzuflehen, dass das Schicksal sich geirrt hat und Noel wie durch ein Wunder zu mir zurückbringt.
Doch leider scheint das Schicksal davon überzeugt zu sein, dass es das Richtige tut. Ohne sich einmal umzuschauen oder wenigstens den Anflug eines Zögerns

zu signalisieren, steuert Noel mit besonders schnellen, entschlossenen Schritten auf die U-Bahn-Station zu. – Auch das noch!
Ich beiße die Zähne aufeinander und würge die aufsteigenden Tränen zurück. Er weiß doch, dass ich alles Unterirdische hasse! Hat er mich denn schon völlig vergessen?
Dreh um, Yella, rede ich mir zu. Lass ihn. Wenn diese Geburtstagsfee seine neue Liebe ist, dann kannst du sowieso nichts daran ändern. Dann musst du dich ins Leben stürzen und ihn so schnell wie möglich vergessen.
Das kann ich nicht!, schreit die andere Yella, die sich noch genau an das Gefühl erinnert, das ich hatte, als ich Luca und Nella miteinander knutschen sah. Dieses Gefühl hat sich in mein Herz gebrannt. Das lässt sich nicht so einfach wegblasen.
Nein, nein, nein.
Ich muss wissen, wer diese Zicke ist. Damit ich jemanden habe, an dem ich meine Wut ablassen, den ich hassen kann.

Noel nimmt die E748. Ich hocke mich in gebührendem Abstand etliche Sitzreihen hinter ihn, verdränge das Finsternisgefühl und lasse ihn nicht aus den Augen.
Wir passieren den Hauptbahnhof, danach fährt die Bahn in Richtung Norden, eine Gegend, in der ich mich nicht besonders gut auskenne. Der Gedanke, dass Mam völlig vergessen hat, mich nach der Adresse besagter Klassenkameradin zu fragen, erfüllt mich nachträglich mit Erleichterung. Allerdings hält die nicht

besonders lange an. Denn nachdem der Zug zweimal gehalten hat, sitzt Noel plötzlich nicht mehr auf seinem Platz.
Scheiße!
Wie ein hirnloses Stehaufmännchen schnelle ich hoch und arbeite mich zwischen den Leuten hindurch nach vorne. Plötzlich sehe ich ihn. Er lehnt an der Stange in der Mitteltür und guckt mich an.
Hastig ducke ich mich hinter eine kleine Frau – was natürlich vollkommen idiotisch ist, denn er hat mich ja eindeutig gesehen. Trotzdem drehe ich mich um, schleiche mit tief gebeugtem Schritt zurück und verkrieche mich am anderen Ende des Wagens.
Dort starre ich in die Dunkelheit des U-Bahn-Schachtes und bete, dass die nächste Station möglichst bald auftaucht. Doch Noel ist schneller. Plötzlich steht er neben mir und sagt:
»Ich nehme an, dass das kein Zufall ist, oder?«
Ich schaue weiter stur aus dem Fenster und rühre mich nicht. Das Einzige, was an mir reagiert, ist mein Pulsschlag. Den könnte inzwischen wahrscheinlich nicht einmal mehr eine Maschine zählen.
»Yella?«, fragt Noel nach einer Weile. »Bist du taub?«
Klar, und blind und geistesgestört und sowieso total pillepalle. Aber genau das will ich nicht sein. Nicht in seinen Augen. Also ignoriere ich meinen Puls und versuche trotz meiner Glühbirne und der fetten Kröte in meinem Hals einen einigermaßen verständlichen Satz herauszubringen.
»Nein.«
»Du spionierst mir also hinterher?«, versucht Noel meine Antwort zu präzisieren.

»Quatsch!«, fauche ich mein Gesicht in der Scheibe an. »Ich will bloß wissen, wo du hinfährst.«

»Okay.« Noel zuckt mit den Schultern. Ich spüre, wie er mich von Kopf bis Fuß mustert. »Dann komm halt mit.«

Was?!

Jetzt gucke ich ihn doch an.

»Aber das geht doch nicht«, stammele ich. »Ich bin doch gar nicht eingeladen. Das hast du vorhin selbst gesagt.«

»Und wenn schon.«

Noel grinst. Es ist kein freundliches, aber auch nicht direkt ein zorniges Grinsen. Ich versuche an seinen Augen zu erkennen, was er denkt. Gestern war das noch möglich. Heute ist es bereits ein Kunststück. Ich habe kein gutes Gefühl, aber die Hoffnung, der Wunsch, die Sehnsucht, dass alles wieder gut wird, ist unendlich viel stärker.

Also nicke ich, steige mit ihm an der nächsten Halte aus und trotte schweigend neben ihm her durch die schmalen Straßen einer Wohnsiedlung. Schließlich steuert er auf ein kleines graues Eckhaus zu.

Ich linse zum Straßenschild hinauf. Rabenweg.

Dann hefte ich meinen Blick auf die Haustür. Rabenweg 48.

»Was willst du ihr denn sagen«, frage ich, »wer ich bin?«

»Das ist doch wohl klar«, erwidert Noel. Plötzlich ist es kein Kunststück mehr, in seinen Augen zu lesen. Sein Blick ist jetzt richtig kalt. »Meine Ex.«

Es fühlt sich an wie ein Hammerschlag. Augenblicklich bleibt mir die Luft weg. Ich taumele sogar ein Stück zurück. Eigentlich will ich ihn anschreien, aber es passt nichts durch meinen zugeschnürten Hals. Und weil ich nicht dumm rumstehen und ihn anstarren will, drehe ich mich um und renne. Renne weg so schnell ich kann.

Ich bin wie blind, sehe nichts und niemanden, höre nur etwas krachzen und spüre, dass die Jeans an meinem rechten Oberschenkel weiter geworden ist.

Egal.

Jetzt ist sowieso alles egal.

In meiner Blindheit sehe ich natürlich auch den Schatten viel zu spät, der urplötzlich auf dem Bürgersteig auftaucht. Ich versuche noch auszuweichen, dabei rutscht mein rechter Fuß über die Bordsteinkante in den Rinnstein. Ich verliere das Gleichgewicht und versuche es durch heftiges Armgeruder auszugleichen.

Da packt mich der Schatten am Handgelenk und zieht mich sanft auf den Bürgersteig zurück.

»Jetzt musst du dir aber langsam mal was einfallen lassen«, sagt eine mir inzwischen wohl bekannte Stimme.

Der Typ aus Noels Nachbarhaus!

»Lass mich in Ruhe!«, fauche ich und reiße mich los, woraufhin ich fast noch ein zweites Mal über die dämliche Bordsteinkante stolpere.

»Entschuldigung«, sagt er und grinst. »Es ist ja wohl eher so, dass du mir nachstellst. Ich will überhaupt nichts von dir.«

Vielen Dank! Genau das will meine arme verletzte Seele jetzt hören. Fast heule ich los, doch segensreicherweise ist meine Wut auf diesen eingebildeten Idioten groß genug, um die Tränen im Zaum zu halten.

»Ach du!«, stoße ich hervor. »Geh du doch auf deine dämliche Party!«

Auf einen Kommentar seinerseits warte ich nicht mehr, sondern renne einfach weiter. Er ruft mir noch irgendwas hinterher, aber das verstehe ich nicht. Und es ist mir auch egal. Genauso scheißegal nämlich wie alles andere.

➽ *Irrfahrt durch die Nacht*

Gut fünf Minuten später bin ich wieder an der U-Bahn-Station. Da ich mich in der Gegend nicht auskenne, bleibt mir nichts anderes übrig, als unterirdisch zurückzufahren. Mit gesenktem Kopf gleite ich auf der Rolltreppe hinunter. Ich fühle mich so schrecklich wie noch nie in meinem Leben.

Auf meiner Bahnsteigseite fährt gerade ein Zug ein. Ich steige ein, ohne darauf zu achten, um welche Linie es sich überhaupt handelt. Erst eine Station später fällt mir auf, dass er in die völlig verkehrte Richtung fährt. Also steige ich gleich am Hauptbahnhof wieder aus und haste nach oben, um mit dem Bus oder der Straßenbahn nach Hause zu fahren.

Nach Hause! Himmel noch mal, das geht ja überhaupt nicht. Mam wird mich löchern wie einen Schweizer Käse. – Warum ich schon heimkomme, ob die Party nicht gut war, die Mädchen mich wieder geärgert haben und was mit Noel ist?

Die Sache ist so klar wie nur was: Ich kann nicht nach Hause. Nicht vor elf. Die große Frage ist nur: Was mache ich so lange? Noch dazu mit kaputter Hose! Eigentlich kann ich so gar nicht durch die Stadt rennen.

Da fällt mir der Handtaschen-und-Accessoires-Laden in der Passage des Hauptbahnhofs ein. Und schon habe ich eine Idee. Ich renne also wieder zurück und drücke mir erst mal an der Scheibe des Geschäfts die Nase platt, um mich davon zu überzeugen, dass die Preise mit meinem Geldbeutel übereinstimmen. Natürlich tun sie das nicht. Neunundzwanzig Euro für ein Tuch sind einfach nicht drin. Das war also schon mal nichts.

Ich begutachte kurz den Riss in der Jeans, der mittlerweile fast mein Knie erreicht hat, und trete dann seufzend den Rückweg an. Nachdem ich ein paar Schritte gegangen bin, ertönt plötzlich eine Stimme hinter mir: »Hallo? Junge Dame?«

Zögernd drehe ich mich um.

»Meinen Sie mich?«, frage ich den jungen Typen, der sich wie ein Dekostück in den Türrahmen des Handtaschenladens gegossen hat.

Er ist nicht viel größer als ich, trägt einen hellgrauen Anzug, einen schwarzen Rolli und lackglänzende schwarze Schuhe. Den Pony seiner ebenfalls pechschwarzen Haare hat er zu einer Moritzspitze nach oben gegelt. Die Strahlkraft der hellgrauen Iris seiner katzenhaft schrägen Augen hat er durch eine schwarze Kajalumrandung noch extra betont.

Wenn dieser Typ nicht stockschwul ist, denke ich grinsend, dann fresse ich den gesamten Handtaschenbestand seines Ladens leer.

»Jaha!«, ruft er mir in etwas überhöhtem Tonfall lächelnd zu. »Kann ich Ihnen vielleicht helfen?«

»Nein«, sage ich. »Schon gut.«

»Aber Sie haben doch …«, erwidert er. Sein Zeigefinger richtet sich auf meine Brust, wandert langsam meinen Bauch entlang nach unten und bleibt an meinem Oberschenkel hängen. »Bitte verstehen Sie mich nicht falsch. Ich will Ihnen auf keinen Fall zu nahe treten, aber ich habe nun mal einen Blick für so etwas.«

»Wa-was meinen Sie?«, stammele ich, innerlich völlig unentschlossen, ob ich diesen Typen nun niedlich oder doch eher unverschämt finden soll.

Er schließt die Augen und schlingert seinen Kopf hin und her.

»Kindchen, jetzt machen Sie es mir doch nicht so schwer«, fleht er mich geradezu an. »Ich will Ihnen nur helfen. So können Sie doch nicht rumlaufen. Schon gar nicht hier im Bahnhof.« Er öffnet die Augen und richtet seinen Blick nun eindeutig auf meine eindeutigste Körperstelle. »Der Riss reicht ja schon bis … Also …« Er macht einen winzigen abwehrenden Handgelenksschlenker. »… ich könnte so ja gar nicht mehr auf die Straße. Da würde man ja schon alles hängen sehen.«

Ich merke, wie mein Mund sich langsam öffnet. Wortlos starre ich ihn an.

»Nun stehen Sie nicht rum«, fordert er mich in mütterlichem Tonfall auf. »Kommen Sie schon.«

Wie an einem unsichtbaren Faden gezogen wandere ich zurück auf den Eingang zu. Der Typ lächelt mir hingebungsvoll entgegen, legt mir die Hand auf den Rücken und schiebt mich sanft in den Laden.

»Was pressen Sie ihren göttlichen Leib auch in eine solche Wursthose!«, sagt er vorwurfsvoll. »Das haben Sie doch gar nicht nötig.«

»Sie haben ja keine Ahnung!«, schnauze ich ihn an. Dann erst merke ich, dass mir ein Riesenschwall Signalrot in die Birne geschossen ist. »Was fällt Ihnen überhaupt ein, so etwas zu sagen!«

Erstaunlicherweise zeigt er sich von meinem Ausbruch völlig unberührt.

»Sie hören wohl nicht gerne Komplimente, Kindchen, was?«, erwidert er lächelnd, während er die Tür hinter mir abschließt.

»Was soll das denn jetzt wieder?«, rufe ich erschrocken. »Was wollen Sie von mir? Ich denke, Sie sind schwul.«

»Sicher, Schätzchen, sicher.«

Er schüttelt den Kopf und geht mit erhobenen Handflächen an mir vorbei. »Ich will gar nichts von Ihnen, außer Ihnen helfen.« Er steuert eine Art Vitrinentisch an, der mit bunten Tüchern gefüllt ist. »Wollen mal sehen, was wir hier Schönes für Sie haben …«

Endlich begreife ich, dass er genau dieselbe Idee hat wie ich.

»Vergessen Sie's«, sage ich. »Ich kann mir die Dinger sowieso nicht leisten.«

»Aber das weiß ich doch, Kindchen!«, ruft er, klappt die Augen zu und wirft den Kopf in den Nacken. »Glauben Sie mir, ich habe einen Blick für so was.«

Na wunderbar! Allmählich frage ich mich, wofür dieser Typ keinen Blick hat. Selbst, wenn er die Augen zuhat, scheint man ja kaum etwas vor ihm verbergen zu können. Wie absolut richtig ich mit dieser Vermutung liege, bekomme ich zu spüren, als er mit einem knallbunten Siebzigerjahre-Kringelmustertuch auf mich zukommt und nur eine Handbreit von mir entfernt stehen bleibt.

»Hier, ich glaube, das ist genau das Richtige für …«

Er stockt, und plötzlich habe ich seine Finger in meinem Gesicht. – Genau genommen, unter meinen Augen.

»Aber, Schätzchen!«, ruft er bestürzt. »Sie haben ja geweint.«
»Na und?«, brumme ich und versuche den Kopf zu senken, was jedoch völlig sinnlos ist, weil er seine Finger beharrlich unter meinen Augen lässt. »Was machen Sie da eigentlich?«
Endlich erinnert sich mein Gehirn daran, dass Füße durchaus in der Lage sind, Rückwärtsbewegungen zu machen, und veranlasst mich einen großen Schritt nach hinten zu treten.
»Himmel noch mal, Kindchen«, seufzt der Typ und lässt genervt seine Arme sinken. »Das führt doch zu nichts.« Er schüttelt den Kopf und mustert mich dabei abschätzig. »Sie sehen wirklich fürchterlich aus.«
Na, Hauptsache, ich habe einen göttlichen Körper!
»Wenn man traurig ist, sollte man niemals so dick Lidstrich auftragen. Das läuft einem doch alles weg«, klärt er mich auf. »Glauben Sie mir, ich spreche aus Erfahrung.«
Mit einem innigen Seufzer lässt er sich vor mir auf die Knie runter und beginnt, mir das Tuch um den Oberschenkel zu wickeln. Er zupft und zieht und streicht völlig ungeniert an mir herum und beendet sein Werk zu guter Letzt mit einem winzigen Knoten unterhalb meines Hüftknochens.
»Wunderbar!«, verkündet er voller Stolz.
Er steht wieder auf und schiebt mich an den Schultern vor einen großen Spiegel. »Geben Sie es zu?«
Ja, ich gebe.
Er hat das Tuch wirklich erstklassig drapiert. Es sieht fast so aus, als ob es mit der Jeans vernäht wäre.
»Warten Sie's ab, Kindchen«, prophezeit er mir. »Be-

stimmt halten die Kids es für den neuesten Schrei und in ein paar Tagen laufen dann alle so rum.«
Was mir persönlich im Moment ziemlich total egal ist.
»Würden Sie einen Mann eigentlich auch so anfassen?«, fahre ich ihn an.
Er schnappt geräuschvoll nach Luft.
»Aber wofür halten Sie mich?«, erwidert er kopfschüttelnd. »Natürlich nicht. Und jetzt kommen Sie. Wir müssen schließlich noch Ihr Make-up in Ordnung bringen.«
Ehe ich mich versehe, sitze ich bereits auf einem kleinen Hocker neben dem Kassentresen.
Der Typ öffnet mit einem eleganten Fingerschwung den Reißverschluss eines Lederetuis, das er aus einer Schublade gekramt hat.
»Wie heißen Sie überhaupt?«, frage ich, darum bemüht, ein wenig versöhnlicher zu klingen. Dieser Typ hat zwar ein äußerst seltsames Benehmen, andererseits scheint er das Herz genau am rechten Fleck zu haben. Ich bin jetzt nur mal gespannt, was ich am Ende wohl für das Tuch latzen muss.
»Nino Rust«, sagt er, während er mir mit einem duftenden Wattepad über die Augen fährt. »Ein fürchterlicher Nachname, ich weiß«, fährt er fort, obwohl ich nicht die Geste eines Einwands gemacht habe. »Nennen Sie mich einfach Nino, okay?«
Meinetwegen. Ich werde ihn wahrscheinlich ohnehin nie wiedersehen.
»So«, sagt er, nachdem er eine Weile in meinem Gesicht herumgefuhrwerkt hat. »Jetzt wollen wir mal sehen, was wir draus machen …« Er richtet sich schnurgerade auf und mustert mich mit schief gelegtem Kopf.

»Also, einen Lidstrich würde ich dir nicht empfehlen, Schätzchen.«
Ach, jetzt sind wir also schon beim Du, denke ich.
»Nicht nur wegen der Flennerei«, erklärt er mir munter. »Es passt einfach nicht zu deiner Augenform. Hm ...« Er spitzt die Lippen und scannt noch einmal abschätzend mein Gesicht. Dann befiehlt er mir, die Augen zu schließen.
Ich mache, was er sagt. Was bleibt mir auch anderes übrig? Außerdem finde ich die ganze Sache mittlerweile ziemlich amüsant.
Ninos Finger streichen über meine Lider und meine Backen und tupfen schließlich noch auf meinen Lippen herum. Währenddessen erzählt er mir in blumigen Sätzen, dass er diesen Job als Accessoiresverkäufer nur nebenberuflich macht und eigentlich Maskenbildner werden will.
Es ist ein seltsames Gefühl, sich von einem wildfremden Typen im Gesicht herumfummeln zu lassen. Wenn er nicht schwul wäre, könnte ich es wahrscheinlich gar nicht ertragen.
»Ballett und Theater sind mein absoluter Traum«, erzählt er mir. »Ich habe schon als kleiner Junge mit glänzenden Augen die Pirouetten der großen Ballerinen bewundert. Bisher habe ich es allerdings noch nicht weiter als bis in eine kleine Laienspielgruppe geschafft.«
»Hm«, mache ich.
Theater und Spielen erinnert mich an Musik, an mein Cello, Nella und das Stück, das wir vor anderthalb Jahren zu Weihnachten aufgeführt haben. Herr Magnussen, unser Musiklehrer, der auch das Schulorchester lei-

tet, hat mir und Nella damals eine große musikalische Zukunft vorausgesagt. Keine Frage, dass er abgrundtief enttäuscht war, als ich das Cello von heute auf morgen aus meinem Leben verbannte.

»So«, sagt Nino plötzlich. »Ich glaub, wir sind fertig.«

Er tritt ein Stück zurück, betrachtet mich noch einmal forschend und nickt. »Ja, das gefällt mir schon viel besser.«

Wieder bugsiert er mich in Richtung Spiegel, und als ich mich darin erspähe, bin ich tatsächlich platter als die platteste Flunder. Mein Gesicht sieht aus wie ich, nur richtig hübsch, und noch dazu wirkt es völlig ungeschminkt.

»Wie hast du das denn hingekriegt?«, frage ich verdattert.

Bereitwillig betextet er mich mit Begriffen wie Grundierung, Farblospuder, Natural Lipgloss, Ton-in-Ton-Lidliner und so weiter und so weiter.

»Du hast so ein gleichmäßiges Gesicht, du solltest deine Vorzüge nicht überschminken, sondern einfach nur betonen«, schließt er seinen Vortrag. »Außerdem hat das den Vorteil, dass du dir die Seele aus dem Leib heulen kannst, ohne dass du gleich wie Marilyn Manson aussiehst.«

»Hab ich gar nicht vor!«, knurre ich.

Fehlte gerade noch, dass ich ihm mein Herz wegen Noel ausschütte. Für meinen Geschmack bin ich ohnehin schon viel zu lange in diesem Laden.

»Und was kostet das jetzt?«, wechsle ich also rasch das Thema.

»Mir würde es schon reichen, wenn es dir gefällt«, erwidert Nino leicht eingeschnappt. »Und ein winziges kleines Danke vielleicht.«

»Okay«, sage ich. »Du hast das wirklich toll hingekriegt.«

Zugegebenermaßen klingt es nicht gerade begeistert. Aber anders kriege ich das im Moment einfach nicht hin. Keine Ahnung wieso, aber auf einmal will ich einfach nur noch weg, was offenbar auch Nino nicht verborgen bleibt.

»Alles klar«, erwidert er ein wenig pikiert. »Du musst ja nicht reden. Kein Problem. Ist eh schlecht fürs Geschäft, wenn du noch länger hier bleibst.«

Er läuft zur Tür hinüber, hinter der bereits zwei junge Frauen und eine elegante Omi ihre Hälse recken, reißt sie auf und entschuldigt sich bei den drei Damen überschwänglich für die »vorübergehende Sperrstunde.«

Ich quetsche mich an ihnen vorbei, bevor sie den Laden richtig betreten können, und höre im Weggehen, wie Nino nun auch noch für mein schlechtes Benehmen um Verzeihung bittet.

Prompt jammert mich mein Gewissen an. Ich lasse es jedoch nicht zu Wort kommen, sondern konzentriere meine Energie lieber auf Noel, die aktuelle Uhrzeit und den Rest des Abends. Alles zusammen löst eine Flutwelle der Verzweiflung in mir aus. Aber auch davon will ich mich nicht widerstandslos überrollen lassen. Das beste Gegenmittel scheint mir ein geeigneter Plan zu sein. Eine Art Rachefeldzug oder so etwas …

Ich laufe in der Bahnhofspassage auf und ab, kämpfe gegen Wut und Tränen an und zermartere mir die Gehirnzellen. Und siehe da … mit einem Mal produziert

meine Grübelzentrale tatsächlich eine überaus brauchbare Idee.
Gleich morgen werde ich eine Doppelstrategie starten, die leider zwei Unbekannte enthält und folgendermaßen aussieht:

1. Noel eifersüchtig machen, indem ich mich tatsächlich dem großen *Unbekannten* an den Hals werfe. Immerhin wohnt der gleich bei ihm um die Ecke, was ich, je länger ich darüber nachdenke, weniger als Zufall, sondern vielmehr als eindeutigen Wink des Schicksals begreife. Und:
2. Mich an die große *Unbekannte* heran- und ihr Noel allmählich madig machen.

Ganz kurz blinkt in mir etwas auf, das man gemeinhin wohl als moralische Instanz bezeichnet und das ich im Moment leider überhaupt nicht gebrauchen kann. Außerdem bin ich hier die Betrogene und als solche werde ich mich ja wohl noch wehren dürfen!
Nicht wirklich überzeugt, sondern eher beleidigt zieht sich mein Gewissen in eine dunkle Ecke meines Herzens zurück. Damit es dort bleibt, schalte ich um auf Ablenkung und visiere den Büchershop auf der gegenüberliegenden Seite an. Ich arbeite mich durch die Buchrücken der neuesten Taschenbuchausgaben und entscheide mich für einen Liebeskrimi. Außerdem kaufe ich noch eine Illustrierte und als ich wieder in der Bahnhofspassage stehe, ist es kurz vor neun und damit immer noch viel zu früh, um den Heimflug anzutreten. Es wird mir also wohl nichts anderes übrig bleiben, als noch eine Weile mit der Straßenbahn durch die Stadt zu fahren und zu lesen.

Ich will mich gerade wieder in Richtung Ausgang in Bewegung setzen, da bemerke ich aus den Augenwinkeln, dass Nino seinen Handtäschchen-Laden verlässt, die Tür verriegelt und ebenfalls auf den Ausgang zusteuert.
Und plötzlich – keine Ahnung wieso – bin ich neugierig, wo er wohl wohnt. Letzten Endes ist es ja auch ganz und gar wurscht, ob ich meinen neuen Roman lese oder einen verrückten Schwulen ausspioniere.
Unbemerkt schleiche ich mich also in seine Nähe und steige zwei Minuten später in dieselbe Bahn wie er. Wieder suche ich mir eine strategisch günstige Position, von der aus ich ihn heimlich im Visier behalten kann.
Nach einer knappen Viertelstunde verlässt er die Straßenbahn. Ich folge ihm unbemerkt und stelle zu meiner großen Überraschung fest, dass ich in genau derselben Gegend gelandet bin wie gestern, als ich dem Schleiermenschen hinterhergelaufen bin. – Verrückter Zufall! Oder nicht?
Plötzlich fällt es mir wie Schuppen von den Augen. Nino *Rust*! Natürlich! Sein Nachname stand doch auf einem der Klingelschilder des Hauses, in dem auch dieser komische Schleiermensch verschwunden ist.
»Du bist wirklich crazy, Yella«, murmele ich.
Leute zu verfolgen scheint mein neues Hobby zu sein. Zu meiner Entschuldigung muss ich allerdings sagen, dass ich bisher noch nie so gehäuft solch merkwürdigen Typen begegnet bin! Und wenn ich nicht heute zufälligerweise so viel Zeit zu verplempern hätte, wäre ich auch nie auf die Idee gekommen, einer verrückten Schwuchtel hinterherzuspionieren.

Ich atme einmal tief durch und beobachte aus der Ferne, wie Nino tatsächlich in besagtem Hauseingang verschwindet. Im Treppenhaus geht Licht an und wenig später wird es auch hinter einem Fenster im zweiten Stock hell.

Super, Yella, denke ich. Und was hast du jetzt davon? Du weißt, wo Nino Rust wohnt. Ein Typ, den du wohl nie in deinem Leben wiedersehen wirst. Der dich auch gar nicht weiter interessiert.

Ich schaue zum Spielplatz hinüber. Es ist keine Menschenseele dort. Wie an einem unsichtbaren Faden gezogen überquere ich die Straße. Schaukeln und Klettergerüste haben mich schon immer angemacht. Den Traum, einmal bei Mondschein mit Noel auf einer Schaukel zu sitzen und knutschend in den dunklen Nachthimmel hinaufzuschwingen, habe ich allerdings umsonst geträumt. Noel findet so etwas albern. Er ist nicht besonders romantisch, sondern eher cool.

Ja, cool.

Dieser blöde Scheißkerl!

Wieso habe ich mich bloß ausgerechnet in so einen verliebt? Im Grunde ist Noel nicht viel anders als Luca. Immer sind es diese eher coolen Typen – die, die sich ohne viel Tamtam nehmen, was sie wollen! Yella, Nella und jetzt diese dumme Kuh aus Noels Klasse.

Was die wohl für eine ist? Wahrscheinlich irgend so ein süßes, dusseliges Weibchen. Na ja, bald werde ich es wissen. Bald, bald, bald.

Völlig verfangen in meiner Gedankenwelt steuere ich auf das Schaukelgerüst zu. Von der Rutsche her ertönt leises Kichern. Erst jetzt sehe ich, dass da doch jemand ist. – Ein Pärchen.

Ein großer Typ mit hellen Haaren schiebt sich rücklings auf die Bahn, hält sich aber noch am Geländer fest. Das kurzhaarige Mädchen hinter ihm ist viel kleiner. Ihre Augen leuchten, als sie seine Finger löst und ihm einen Stoß verpasst. Er juchzt auf und saust hinunter, stoppt aber kurz vor dem Ende. Sie folgt ihm und fliegt in seine Arme. Lachend fallen sie in den Sand und küssen sich.

Völlig versteinert starre ich zu ihnen hinüber. Mein Hals ist wie zugeschnürt. Mein Atem setzt aus. Dann knallt eine Sicherung in mir durch. Ich wirbele herum und haste auf die Büsche hinter mir zu. Eigentlich ist es eine Hecke, aber es gibt einen schmalen Durchgang. So einen, den Kinder sich geschlagen und breit getreten haben. Dahinter ist sicher ein Weg.

Ich schlüpfe hindurch und stoße fast mit einem Mädchen zusammen.

»'tschuldigung«, murmele ich und will weiter, da fällt mein Blick auf ihr Gesicht.

Sie ist kalkweiß und irgendwie völlig entstellt.

Eine Sekunde bin ich wie fest gemeißelt, dann renne ich weiter.

»Hast du es so eilig oder rennst du wegen mir weg?«, höre ich sie rufen.

Ihre Stimme klingt total weich und warm. Kaum zu glauben, dass sie aus einem solchen Monstermund kommt.

Ich bleibe stehen, weil ich nicht einfach nicht reagieren will, und drehe mich langsam zu ihr um.

»Kein Problem«, sagt sie. »Ich kenn das schon.«

»Ja«, sage ich.

Was sonst?

»Im Dunkeln sieht es besonders schlimm aus«, sagt sie. »Aber leider kann ich sonst nicht so raus.«
Sie steht jetzt neben mir und lächelt mich an. Unter ihrem rechten Auge hat sie eine Narbe, die quer über ihre Wange läuft und irgendwo in ihrem Nacken unter den schwarzen Haaren verschwindet.
Ich starre sie an. Und sie lacht.
»Jetzt guck nicht so. Ich bin nicht Frankensteins Braut. Auch, wenn ich am liebsten im Mondschein herumspaziere.«
»T-tut mir Leid«, stammele ich. »Aber ich kapier irgendwie gar nichts.«
Und ich will auch nicht. Vorurteile und Diskriminierung von Entstellten oder sonst wie Behinderten hin oder her, aber diese Nummer ist mir einfach too much. Für heute sind meine Kapazitäten nun wirklich absolut ausgeschöpft.
»'tschuldigung«, stammele ich die Monsterfratze an. »Aber ich muss jetzt nach Hause. Meine Mutter macht sich sonst Sorgen.«
Sie hebt die Schultern und grinst jetzt richtig breit. Dabei schiebt sich ihre Narbenbacke so weit nach oben, dass das rechte Auge zwischen zwei Wülsten verschwindet. – Oh, Mann! Ich muss mich verdammt zusammenreißen, sie nicht weiter wie eine Hirntote anzustarren.
»Okay«, sage ich und hebe möglichst lässig meine Hand. »Tschüs dann …«
»Ja, tschüs«, sagt sie. »Vielleicht sehen wir uns ja mal wieder. Irgendwann.«
Ich nicke, obwohl ich mir beim besten Willen nicht vorstellen kann, dass ich mich noch einmal freiwillig in diese Gegend hier verirre, in der so viele seltsame Men-

schen auf einem Haufen wohnen. Dann drehe ich mich um und haste zur Straßenbahnhaltestelle zurück.

Die drei viertel Stunde, die ich anschließend Bahn fahrend in meiner Tarifzone verbringe, kommt mir vor wie eine Ewigkeit. Ich glaube nun wirklich nicht an Gott oder Schicksal oder so was, aber heute frage ich mich schon, ob diese Anhäufung merkwürdiger Erlebnisse wohl irgendwas zu bedeuten hat.

Eigentlich ist das alles doch nur passiert, weil ich völlig kopflos wie ein Flummi durch die Gegend getitscht bin. Mit dem Ergebnis, dass ich mittlerweile überhaupt nicht mehr durchblicke. Noel, der nervige Cordjackentyp, Nino, der Schleiermensch, die Monsterfratze – sie alle wirbeln mir kreuz und quer durch den Kopf.

Um mich von diesen Bildern abzulenken, wühle ich die Illustrierte, die ich mir am Bahnhof gekauft habe, aus meiner Tasche hervor. Zuerst blättere ich die Zeitschrift durch, finde aber nichts wirklich Interessantes, außer einem Werbefoto für Männerunterhosen aus Mikrofasern, die so eng sitzen sollen wie eine zweite Haut. Auf dem Foto sieht man zwei Männer von hinten abgebildet, einer mit nacktem Hintern und einer in einer schwarzen Mikrofasershorts. Darunter steht: *Fühlen Sie den Unterschied?* Grinsend streiche ich über den nackten Po, doch dann denke ich sofort wieder an Noel und dass sein Hintern in diesem Moment womöglich von einer anderen liebkost wird. Hastig stopfe ich die Illustrierte in meine Tasche zurück, ziehe das Buch hervor und versuche mich dort hinein zu vertiefen. Doch ich kann

mich einfach nicht konzentrieren. Mein Herz klopft und mein Gehirn rotiert, ich kann nicht mal richtig sitzen. Wie soll ich da auch noch lesen?
Ganz davon abgesehen interessiert mich das Schicksal anderer Leute im Augenblick ohnehin nicht die Bohne. Ich habe nun wirklich genug mit mir selbst zu tun. Verbanne ich den Schleiermenschen, Nino und die Monsterfratze aus meinem Leben, bleibt am Ende immer noch Noel übrig. Und das ist schlimm genug. Nämlich mehr als ich ertragen kann und will.
Dieser verdammte Mistkerl! Nur seinetwegen irre ich herum wie Falschgeld. Wenn ich ihn nicht so lieben würde, würde ich ihn jetzt glatt hassen wie die Pest.
Ich klappe das Buch zu, schließe die Augen und schon sehe ich ihn vor mir. Wie er tanzt. Wie seine Augen glänzen. Wie er lacht.
So hat er auch mich vor einem halben Jahr gekriegt. Es war gleich am ersten Adventswochenende auf dem Weihnachtsmarkt. Ich stand vor einem Typen, der einen auf Marionette pantomimt hat. Total genial. Ich war völlig hin und weg. Plötzlich quatschte mich Noel an.
»Der ist richtig gut, der Mann, nicht?«, sagte er und lächelte.
Ich schaute in seine glänzenden Augen und war sofort erledigt. Dabei war ich eigentlich noch völlig fertig wegen Luca. Und von meinem Hass auf Nella. – Scheiße!
Und jetzt tanzt er einfach ohne mich auf der Geburtstagsfete einer anderen, die er anglänzt mit seinen Augen und seinem Lächeln. Die er jetzt vielleicht schon in den Armen hält und küsst!
Nein!

Fast schreie ich los. Im buchstäblich letzten Augenblick fällt mir ein, dass ich in der Straßenbahn sitze und jede Menge Publikum habe. Ich reiße die Augen auf und atme ein paarmal tief durch. Ruhiger macht es mich allerdings nicht. Meine Augen brennen wie Teufel und ich habe mächtig damit zu tun, gegen die aufsteigenden Tränen anzukämpfen. Am besten klappt es immer noch mit Wut.

Wut über diese himmelschreiende Ungerechtigkeit! Noel gehört mir! Mir ganz allein! Und deshalb werde ich um ihn kämpfen wie eine Löwin.

Gemeine Wahrheiten

Mam, die gemütlich auf dem Sofa liegt und liest, ist völlig von den Socken, als ich bereits um Viertel nach zehn zu Hause einlaufe.

»Nanu?«, wundert sie sich. »Schon da?«

Sie schiebt die Fleecedecke zur Seite und setzt sich auf.

Ich zucke die Achseln, bevor ich jedoch etwas sagen kann, fällt ihr Blick auf das bunte Tuch, das meinen Oberschenkel ziert.

»Sag bloß, die Hose ist geplatzt?«

»Quatsch«, brumme ich. »Das war so 'n Partygag. Colleen hat mir das Tuch geliehen.«

Colleen, um Himmels willen! Wie kommen meine müden Zellen bloß ausgerechnet auf diese Zicke! Sie und ihre Pattexfreundin Iris sind schließlich die, die mich wegen Noel nicht in Ruhe lassen.

»Colleen?« Mam runzelt die Stirn. »Bei ihr war also die Party?«

»Jaaa«, knurre ich.

Mams Stirn wird noch runzeliger.

»Was ist denn los? Du hast doch keinen Krach mit Noel?«

Ich versuche ein erbostes Lächeln zu produzieren. Keine Ahnung, ob es mir gelingt. »Natürlich nicht.«

Mam reibt sich die Augen und lächelt zurück.

»Ist ja fast schon unheimlich, wie gut ihr euch versteht«, sagt sie.
Wir sind eben füreinander geschaffen!, denke ich, sage jedoch etwas anderes.
»Die Party war nicht besonders.« Das muss als Erklärung reichen. »Außerdem bin ich müde.«
Mam lächelt noch ein bisschen mehr. Der Stolz auf ihre ach so vernünftige Tochter leuchtet ihr geradezu aus den Augen. Einen Moment lang komme ich mir richtig beschissen vor. Eigentlich hat sie es nicht verdient, dass ich sie belüge und mich nicht an ihrer Schulter ausheule und mich von ihr trösten lasse.
Aber das käme einer absoluten Kapitulation gleich und genau den Eindruck will ich nicht erwecken. Niemand soll auf die Idee kommen, dass ich mich unterkriegen lasse. Weder meine Mutter noch die dämlichen Hühner, die gleich am nächsten Montag in der Schule wieder über mich herfallen.
»Na?«, geifert Iris, die mit Colleen und Friederike aus der Zehnten in der offenen Klassentür Spalier steht. »Wie war denn dein Wochenende ohne Noey?«
Mir sackt das Herz in die Hose. Fieberhaft frage ich mich, was die blöden Kühe wissen könnten. Gar nichts, Yella, nichts, versuche ich mich zu beruhigen. Die wollen dich fertig machen, warum auch immer, aber das ist alles.
Ich stolziere also mit erhobenem Kopf und ohne jeglichen Kommentar an ihnen vorbei und ertrage ihr bescheuertes Gekicher, das mich bis zu meinem Platz am gegenüberliegenden Ende des Hufeisens verfolgt. Dort packe ich möglichst lässig meine Lateinsachen auf den Tisch, krame den lila Glitzerstift aus meiner Map-

pe und krakele weiter an dem Kunstwerk aus winzigen Kringeln, Blümchen, Herzen, Mündern und Augen auf meinem Hefter herum.
Neben mir sitzt Kai, ein schüchterner Wirrkopf mit langen blonden Haaren und ziemlich kleinen Augen, der nichts auf die Reihe kriegt, dafür allerdings genial in Mathe, Physik und Latein ist. Er lächelt mich an, wie er das immer tut. Einbilden muss ich mir darauf aber zum Glück nichts, er macht es bei jedem so.
Plötzlich taucht er ab und wühlt eine Weile in seiner Tasche herum, offenbar jedoch ohne Erfolg, denn außer seinem Lateinbuch, das bereits auf dem Tisch liegt, scheint er nichts dabei zu haben.
»Schön sieht das aus«, sagt er plötzlich und beugt sich über meinen Hefter. »Du kannst wirklich schön malen.«
»Danke«, sage ich. »Leider bringt mich das in Latein auch nicht weiter.«
»Hmm«, macht Kai.
Es klingt wie eine Mischung aus Grunzen und Grinsen. Jeder, der diesen Laut zum ersten Mal hört, fühlt sich automatisch verarscht. Sobald man Kai ein bisschen besser kennen lernt, wird einem allerdings ziemlich schnell klar, dass dieses *Hmm* ein reines Verlegenheitsgeräusch ist.
Natürlich habe ich mich anfangs schon gefragt, ob er möglicherweise verliebt in mich ist. Mittlerweile glaube ich das aber nicht mehr. Kai ist einfach noch nicht so weit. Und vielleicht sind Frauen und Liebe ohnehin nicht sein Ding. Er liebt Logarithmen, Deklinationen und physikalische Gesetze. Später wird er bestimmt mal so eine Art Superprofessor, der irgendwo zwischen

den Sternen lebt, aber ganz bestimmt nicht hier auf der Erde.

»Die Übersetzung hab ich auch nicht so hingekriegt«, höre ich mich sagen.

»Zeig mal«, sagt Kai.

Ich lege den Glitzerstift zur Seite und schlage Buch und Hefter auf. Kai öffnet seine Federtasche und grinstgrunzt.

»Was ist?«, frage ich.

Er hält mir die Federtasche unter die Nase. Sie ist völlig leer.

»Ich hab gestern was gesucht«, sagt er.

Schon klar. Er hat das Ding ausgekippt und vergessen, es wieder einzuräumen. Ich gebe ihm einen Kuli von mir und er fängt an, in meiner Übersetzung herumzuschreiben. Kurz bevor Knubbel in der Tür erscheint, ist alles fertig. Ich staune immer wieder, wie schnell Kai das hinkriegt. Allein schon so viele Vokabeln im Kopf zu behalten, grenzt für mich an ein Wunder.

Knubbel, der eigentlich Knobitschek heißt und so rund wie ein Basketball ist, kugelt auf den Lehrertisch zu. Er schmettert sein obligatorisches: »Salvete, liberi!« in die Klasse und strahlt wie immer über beide Backen. Knubbel hat eine verlässlich gute Standardlaune, was den trockenen Lateinunterricht einigermaßen erträglich macht. Über die Tatsache, dass er uns immer noch Kinder nennt, sehen wir großzügig hinweg. Meistens kontert irgendjemand mit: »Salve, globus!«

Heute kommt es aus der Ecke Iris, Colleen und Co. Knubbel grinst über beide Backen und lässt seinen Bauch kreisen. Dann fragt er nach den Hausaufgaben. Ich muss den ersten Satz vorlesen, und obwohl ich wegen Noel völlig neben der Kappe bin, krieg ich das dank Kais Notizen bestens hin. Ich heimse ein Lob ein und ziehe mich für den Rest der Stunde in mich selbst zurück.

Als der Gong ertönt, raffe ich mein Zeug zusammen, raune Kai ein »Danke« zu und mache, dass ich auf den Gang rauskomme. Iris und Colleen fangen mich kurz vor der Treppe ab.

»Machst du jetzt etwa mit Kai rum?«, erkundigt Iris sich.

»Was geht dich das an?«, zische ich.

Colleen streicht sich die dunklen Locken aus dem Gesicht und grient ihre Busenfreundin vielsagend an.

»Also wirklich.«

»Na, dann wundert es mich ja nicht …«, erwidert Iris.

Sie bricht ab und lässt ihre braunen Augen hämisch aufblitzen.

Eigentlich will ich nicht drauf reagieren, aber ich habe das komische Gefühl, dass die beiden etwas wissen, das mir nicht verborgen bleiben sollte.

»Was?«, frage ich also. »Was wundert dich nicht?«

Das hämische Blitzen verwandelt sich in ein bösartiges Grinsen.

»Na ja, das mit deinem Noey«, sagt Iris von oben herab.

»Ach, hör doch auf!«, fahre ich sie an. »Ihr kennt ihn doch überhaupt nicht.«

Colleen kneift die Augen zusammen.

»Bist du dir da ganz sicher?«

Nein. Aber ich werde einen Teufel tun und ihnen das auf die Nase binden!

»Ihr wollt mich doch sowieso nur verarschen«, sage ich.
Iris zuckt die Achseln. »Wenn du meinst.« Und Colleen sagt: »Sie hat doch noch nie viel auf den Rat einer Freundin gehalten.«
»Freundin? – Pah!«, stoße ich hervor.
Iris und Colleen drücken ihre Schultern aneinander und lächeln sich allwissend an. Am liebsten würde ich den dummen Gänsen eine scheuern, aber letztendlich sind sie mir dafür dann doch zu gleichgültig. Wozu also noch weiter Zeit und Energie auf diese Tussen verschwenden?
Demonstrativ wende ich mich ab und steuere auf die Treppe zu. Als ich die ersten beiden Stufen genommen habe, höre ich Colleen rufen:
»Am Samstag hat er jedenfalls heftig mit Kirsty geknutscht!«
Mein Herz rast los. Obwohl ich weitergehen will, bleibe ich stehen. Mein Gesicht glüht wie ein Haufen Grillkohle.
»Friederike hat erzählt, dass die beiden es fast miteinander getrieben hätten. Sie konnten sich kaum noch beherrschen«, brüllt Iris.
Um mich herum ertönt Kichern. Manche bleiben stehen und schütteln die Köpfe. Einige starren mich an.
Geh weiter, Yella, sage ich mir. Das ist doch alles Bullshit. Woher sollen die das denn wissen? Die haben sich das ausgedacht. Es kann einfach nicht sein. Noel ist nicht so. Ich kenne ihn doch. Okay, vielleicht hat er sich verguckt. Aber er würde niemals gleich am ersten Tag mit einer schlafen. Schon gar nicht in aller Öffentlichkeit.

Er und ich haben dazu ja schon ein halbes Jahr gebraucht. Jetzt sollte es vielleicht passieren. Jetzt. Und zwar weil es Liebe war.
Weil es Liebe ist.
Ja, weil es immer noch Liebe ist!!!
Es kann gar nicht anders sein. So ein Gefühl kann nicht sterben. Nicht einfach so über Nacht.
Diese Kirsty hat ihn verhext. Das ist die einzige Erklärung. Und irgendwann – bald, bald, bald, bitte bald! – wird Noel wieder klar in der Birne sein und dann wird er erkennen, wie bescheuert er gewesen ist. Er wird mich auf Knien um Verzeihung anflehen. Ich werde ihn in die Arme schließen und ihm großzügig vergeben.
Dann werden wir endlich miteinander schlafen. Und es wird der absolute Wahnsinn sein. Die Krönung unserer Liebe.
Ich atme tief durch und setze mich in Bewegung. Mit zittrigen Knien stakse ich die Treppe hinunter. Ich kämpfe mit den Tränen und um meine Würde.
Von solch dämlichen Weibern wie Iris, Friederike, Colleen oder Kirsty werde ich mich jedenfalls nicht unterkriegen lassen. Never!

»Sie haben schon wieder angerufen«, sagt Mam, als ich nach Hause komme. »Soll das jetzt jeden Mittag so gehen?«
»Mir doch egal«, brumme ich.
Ich lasse mich auf meinen Stuhl fallen, nehme die Gabel und stochere in den Makkaroni rum.

»Was ist los?«, fragt Mam.
»Nix.«
Mit dieser simplen Antwort gibt sie sich natürlich nicht zufrieden. Das Gebohre geht weiter.
»Warum machen sie das?«
»Keine Ahnung.«
Meine Mutter zieht geräuschvoll Luft in die Nase. Sie starrt mich an, als ob sie Röntgenstrahlen absenden wollte.
»Das kannst du mir nicht erzählen.«
»Ach, die sind einfach blöd«, sage ich heftig. »Denen fehlt eine sinnvolle Freizeitbeschäftigung.«
»Das ist alles?«
»Was sonst?«, presse ich hervor.
Danach ist quälendes Schweigen angesagt. Wir sitzen beide so da und starren auf unsere gefüllten Teller.
»Vielleicht finden sie dich arrogant«, sagt Mam schließlich.
»Quatsch!« Im selben Moment wird mir klar, dass sie Recht hat. »Und wenn schon! Das ist mir auch egal.«
»Yella!«
»Ja, was ist?«, fahre ich sie mit zusammengekniffenen Augen an.
»Du schadest dir selbst.«
Ich springe auf und knalle meine Gabel in die Makkaroni. Die Tomatensoße spritzt quer über den Tisch.
»Das ist ja wohl meine Sache!«, brülle ich sie an.
Ich springe auf und will in den Flur stürzen, aber meine Mutter ist schneller. Mit ausgebreiteten Armen stellt sie sich in die Tür.
»Willst du gar nicht wissen, was sie gesagt haben?«, fragt sie beinahe drohend.

»Nein!«
»Weil du es schon weißt, stimmt's?«
»Was geht dich das an!!!«, schreie ich.
Meine Stimme überschlägt sich, doch Mam bleibt total ruhig.
»Eine ganze Menge«, sagt sie leise. »Zufälligerweise bist du meine Tochter und ich sehe es nicht gerne mit an, wie du leidest.«
»Verdammte Hacke, ich leide nicht!«
Ihre Pupillen ziehen sich zusammen. Es sieht aus, als ob ihre Iris flackert, und mir ist klar: Sie glaubt mir nicht. Natürlich nicht. Schließlich kennt sie mich in- und auswendig. Garantiert wird sie es nicht akzeptieren, dass ich plötzlich nicht mehr mit ihr reden will. Und das tut sie auch nicht. Im Gegenteil: Sie geht sogar zum Frontalangriff über.
»Dann lässt es dich also völlig kalt, dass Noel eine andere geküsst hat?«, fragt sie mich mitten ins Gesicht.
Volltreffer!
Mir bleibt die Luft weg und ich spüre, wie sich schlagartig sämtliche Farbe aus meinem Gesicht verzieht. Es dauert ein paar Sekunden, bis ich mich wieder im Griff habe und einigermaßen gleichmäßig atmen kann.
»Das ist ja der totale Blödsinn«, presse ich hervor. »Du glaubst denen doch wohl nicht!«
Mam hebt die Schultern.
»Wieso nicht?«, erwidert sie. »Immerhin passt es ziemlich gut zusammen.«
Ich spare mir ein: »Was?«
Trotzdem zählt Mam gegen meinen Willen alles auf, was sie damit meint:
»Vor dieser Party motzt du dich auf, wie du es noch nie

getan hast. Du quetschst dich in viel zu enge Hosen, die dir unterwegs auch noch reißen …«

»Woher weißt du das?«

Meine Mutter verdreht die Augen.

»Yella, ich bitte dich, die Naht ist mindestens um zwanzig Zentimeter aufgeplatzt. Der Riss ist kaum zu übersehen.«

»Du hast also in meinem Zimmer herumgeschnüffelt?«

»Ich habe nicht geschnüffelt«, erwidert sie. »Ich habe mir gedacht, dass die Jeans nicht gehalten hat, und wollte nachschauen, ob noch was zu retten ist.«

»Ach ja?«, zische ich. »Gedacht hast du es dir also?«

»Natürlich. Oder hast du tatsächlich geglaubt, dass ich dir das Argument mit dem Party-Gag abnehme?«

Allerdings! Aber jetzt muss ich meine Strategie wohl ändern.

»Okay«, sage ich also und lehne mich mit gekreuzten Armen in den Türrahmen, »du hast gewonnen. Die Jeansnaht ist geplatzt. Colleens Mutter hat mir das Tuch geliehen …«

»Tut mir Leid, Yella«, fällt Mam mir ins Wort. »Aber das glaube ich dir auch nicht.«

»Na super«, entgegne ich. »Dann brauchen wir auch nicht mehr weiter darüber zu reden.«

Doch das scheint meine Mutter nicht zu interessieren.

»Das Preisschild war noch dran«, sagt sie kühl. »Fünfundsiebzig Euro. Ich kann mir nicht vorstellen, dass du so viel Geld für ein Seidentuch ausgibst …«

In diesem Moment hasse ich sie. Ein Gefühl, das mir die Tränen in die Augen treibt. Bevor ich jedoch antworten oder wegrennen kann, bombardiert sie mich mit ihren bescheuerten Mutmaßungen:

»Am Samstag warst du entweder gar nicht oder nur kurz auf dieser Party. Auf jeden Fall hast du dich mit Noel gestritten. Wahrscheinlich bist du blind durch die Gegend gelaufen, deine Hose ist gerissen, du hast in irgendeinem Laden ein Tuch geklaut …«, ihre Stimme verdunkelt sich, »… das du selbstverständlich wieder zurückbringen wirst … und bist schließlich etwas früher nach Hause gekommen als geplant, weil du keine Lust mehr hattest, sinnlos durch die Stadt zu rennen.«

Bullshit! Auch, wenn die Hälfte davon wahr ist.

»Wie kannst du mir bloß unterstellen, dass ich klaue!«, brülle ich sie an.

Sie schweigt, guckt mich an. Am liebsten würde ich ihr eine scheuern. Bevor es allerdings dazu kommt, macht sie ihren Mund auf.

»Dann gib mir eine andere Erklärung.«

Jetzt schweige ich. Erklären will ich ihr nichts. Wozu auch? Wenn sie mir eh nicht glaubt! Sie soll mir gefälligst vertrauen. So wie sie das immer getan hat.

»Siehst du«, sagt sie. »Es liegt wohl daran, dass du nicht mehr mit mir redest.«

»Ach ja?«, schreie ich. »Und was ist mit dir? Redest du denn mit mir? Hast du mir jemals eine brauchbare Erklärung zu meinem Vater gegeben? He? – Nein! Immer, wenn ich dich nach ihm frage, kommt der gleiche Sud. Du willst nicht über ihn reden, weil du dann leiden musst. Stimmt's? Für dich ist das doch allemal die bessere Alternative. Besser ich leide als du!«

Darauf wusste Mam natürlich nichts mehr zu sagen. Vielleicht war ich auch einfach zu schnell weg. Jedenfalls hat sie keine Anstalten mehr gemacht mich festzuhalten und so bin ich geradewegs ab wie eine Rakete in mein Zimmer.
Ich habe mich aufs Bett geschmissen, mich unter meine Decke gewühlt und heule nun Rotz und Wasser. Mit den Fäusten trommele ich auf den Kissen herum und schlage damit auf die ganze Welt ein. Auf Mam, die mir Schlimmes unterstellt, auf meinen Vater, der nicht die leiseste Ahnung hat, dass es mich gibt, auf Nella, die mich aufs Übelste hintergangen hat, auf Noel, der mich betrügt, und auf diese Kirsty, die gewagt hat, ihn zu küssen, und die dafür büßen muss.
Ja, büßen.
»Kirsty, du bist auserwählt«, sage ich in die Wärme und die Dunkelheit meiner Bettdecke. »Du wirst büßen. Und zwar für alles, was die anderen mir angetan haben. Das soll dein Schicksal sein.«
Ich weiß, es klingt furchtbar theatralisch, aber es tut mir gut.
So unendlich gut!

Plan A

Die Hausaufgaben erledige ich nur nachlässig. Englische Grammatik und die Lateinvokabeln lerne ich gar nicht erst. Knubbel schreibt zwar unter Garantie demnächst einen seiner geliebten Überraschungstests. Das Ding ist nur, dass es in meinem Leben zurzeit wirklich Wichtigeres gibt. Außerdem hab ich immer noch Kai an meiner Seite. Er wird mir schon helfen.
In meinem Schädel kreisen nur noch zwei Fragen:

1. Wie komme ich am besten an Kirsty ran? Und:
2. Wie mache ich ihr Noel madig? Oder umgekehrt, sie ihm?

Das ist jedenfalls im Groben Plan A, der irgendwann von Plan B – Noel mit dem großen Unbekannten eifersüchtig machen – wirkungsvolle Unterstützung bekommen wird.
Was sowohl für Plan A als auch für Plan B angesagt ist, ist eine Totalüberholung meines Outfits. Ich brauche dringend ein paar neue Klamotten und natürlich eine völlig andere Frisur. Und zwar weniger für mein eigenes inneres Selbstwertgefühl, sondern in erster Linie für Kirsty.
Sobald ich mich nämlich als ihre beste Freundin – ha! – in ihr Leben geschmuggelt habe, wird sie Noel von

mir erzählen und ihm bestimmt auch verklickern, wie ich aussehe. Die Gefahr, dass er mich erkennt, ist groß, wenn ich mich bis dahin nicht wenigstens äußerlich verändert habe.
Das Dumme ist nur, dass ich einfach kein Händchen für stylische Sachen habe. Bisher habe ich ja auch ganz gut ohne das überleben können. Was sind schon Make-up und Klamotten?, hab ich gedacht und die Mädels, die sich morgens immer eine halbe Stunde früher aus dem Bett quälen müssen, weil sie diese Zeit vor dem Spiegel verbringen müssen, bedauert! Nella war auch nicht so. Sie hat genauso gedacht und gefühlt wie ich.
Nella. Scheiße!
Ich presse mir die Fäuste gegen die Schläfen und verbanne meine Exbeste aus meinen Gehirnströmen. Stattdessen programmiere ich meine Zellen auf Styling-Beratung und ein paar Sekunden später spucken sie bereits einen Namen aus: Nino!
Nino. Schon wieder scheiße!
Zum Glück bin ich vernünftig und so wird mir sehr schnell klar, dass es keine Alternative zu diesem Namen gibt.

Da ich keinen Bock auf weitere Diskussionen mit meiner Mutter habe, schleiche ich mich wie eine Diebin auf Zehenspitzen aus der Wohnung. Ich zupfe meine Sweatjacke von der Garderobe, schnappe mir die weißen Sneakers und ziehe leise, fast lautlos die Tür ins Schloss. Hastig schlüpfe ich in die Schuhe und lege mir die Jacke über die Schultern.

In meiner Umhängetasche befinden sich das gestohlene – ha! – Seidentuch, meine EC-Karte und mein Sparbuch. Summa summarum: dreihundertzwanzig Euro. Ich hoffe, das reicht.
Ich hetzte zur Straßenbahnhaltestelle und finde mich bereits zwanzig Minuten später in der Bahnhofspasssage wieder. Zielstrebig steuere ich auf den Accessoires-Laden zu. Er hat geöffnet. Puh! Jetzt darf nur kein anderer Verkäufer drin sein!
Ohne viel Tamtam drücke ich die Tür auf. Nino – hurra! – ist gerade dabei, einer dünnen alten Dame einen viel zu großen flachen Hut auszureden.
»Er erschlägt ihr feines kleines Gesichtchen ja geradezu«, erklärt er ihr mit treuherzigem Wimperngeklimper und angelt ein winziges grünes Hütchen mit orangeroter Stoffblume vom Halter. »Dieses hier dagegen wird ihm geradezu schmeicheln.« Ehe die Omi protestieren kann, hat er das Riesenufo bereits schwungvoll von ihrem eisgrauen Haar gezogen und das kleine Grüne hineingedrückt. »Dazu ein passend orangeroter Lippenstift und die Männer werden Ihnen zu Füßen liegen!«
Ich gehe so weit in den Laden hinein, dass Nino mich sehen muss, und hänge das Seidentuch wieder zu den anderen. Dann nehme ich eine ultrazickige Handtasche aus dem Regal. Sie ist hellbraun, halbrund und am Verschluss gewellt, so als ob dort ein Gummiband eingezogen wäre.
»Na, Sie sind mir aber einer!«, höre ich die Frau sagen.
Sie kichert leise und Nino kichert mit.
»Und selbst, wenn Sie es nicht wegen der Männer, son-

dern nur für sich tun«, sagt er. »Dieses kleine Hütchen ist wie für Sie gemacht. Als ob es nur auf Sie gewartet hätte. Und ganz nebenbei bemerkt: Es kostet nicht einmal halb so viel wie dieses Monstrum.«

»Ja dann«, seufzt die Frau. »Wissen Sie, ich habe immer diese wunderbaren großen Hüte bewundert, die die feinen Damen auf den Pferderennbahnen tragen. Aber ich muss zugeben: Sie haben Recht. Dieses *Hütchen* ist wirklich zauberhaft. Ich nehme es.«

Es dauert noch zwei, drei Minuten, bis das Teil eingepackt ist, die Omi bezahlt hat und schließlich den Laden verlässt. Dann kommt er sofort zu mir rüber.

»Das Ding ist ja wohl nicht dein Ernst«, sagt er, nimmt mir die Tasche aus der Hand und stellt sie ins Regal zurück.

»Ich habe sie mir ja bloß mal angeschaut«, erwidere ich, während ich mich ihm zuwende.

Nino starrt mich an. Dann schlägt er die Hände über dem Kopf zusammen.

»Himmel noch mal, du siehst aber vielleicht scheiße aus!«

»Vielen Dank!«, knurre ich. »Zufälligerweise ist meine Seele auch nicht viel robuster als die der Omi, die du gerade bedient hast.«

Nino wackelt mit dem Kopf. Seine Nasenlöcher blähen sich und sein Blick wird vorwurfsvoll.

»Erstens, Schätzchen, war das keine Omi, sondern eine Dame, und zweitens pflege ich grundsätzlich immer die Wahrheit zu sagen. Und die fällt nun eben mal so, mal so aus.«

»Ja, ja, schon gut«, sage ich ungeduldig. »Genau deswegen bin ich ja hier.«

Erstaunt wandern seine schwarz gefärbten Brauen nach oben.

»Weil ich dir oder du mir die Wahrheit sagen willst?«

»Weil ich eine Beratung brauche.«

Nino legt eine Hand auf seine Hüfte und nickt.

»Natürlich. Dazu müsstest du mir allerdings erst einmal verraten, wo der Schuh drückt.«

»Na ja«, sage ich. »Die Schuhe sind eigentlich nicht mein größtes Problem. Eher meine Haare und die Klamotten. Ich hab einfach kein Gefühl dafür, was mir steht.«

»So?« Ninos Tonfall ist plötzlich ungewohnt hart und abweisend. »Dann solltest du vielleicht mal in der Redaktion einer dieser Girlie-Zeitschriften anrufen und …«

»Nino, ich brauche die Beratung jetzt«, sage ich verzweifelt.

»Wie stellst du dir das vor? Soll ich etwa einfach den Laden zusperren und mit dir durch die Stadt rennen?«

Ja, genau so habe ich mir das eigentlich gedacht. Wie unsinnig das ist, wird mir erst in diesem Moment klar.

»Wenn du mir wenigstens sagen würdest, wieso?«

»Was wieso?«, stammele ich.

»Na, wieso du so überstürzt diese Metamorphose einleiten willst«, hilft er mir auf die Sprünge.

»Nur so«, sage ich. »Für mich …«

»So einen Quatsch habe ich ja noch nie gehört«, ruft Nino empört. »Du schneist hier zweimal hintereinander total verheult in meinen Laden und willst mir erzählen, dass da kein Typ dahinter steckt.«

»Und wenn?«

»Dann sag es doch einfach«, sagt Nino wieder etwas sanfter. »Ich kenne mich mit Typen aus.«
Es kommt so süß herüber, dass ich grinsen muss. Und es gibt mir die Möglichkeit, in die Offensive zu gehen.
»Machst *du* dich denn nie nur für dich schön?«
»Natürlich tu ich das«, kontert Nino. »Aber darum geht es im Moment gerade nicht. Du bist am Boden zerstört. Das sieht man auf einen halben Kilometer Entfernung.«
»Okay«, gebe ich auf. »Aber ich habe keine Lust, darüber zu reden.«
Nino kreuzt die Arme über der Brust und wirft den Kopf in den Nacken.
»Aber meinen Rat willst du trotzdem?«, fragt er eingeschnappt. »Und meine Hilfe?«
»Ja«, sage ich, zucke die Schultern und versuche seinem Blick standzuhalten.
»Eine Freundin hast du wohl nicht?«, erwidert er. »Oder eine Mutter?«
»Meine beste Freundin hat mir meinen Freund ausgespannt und mit meiner Mutter habe ich gerade Krach«, platze ich völlig hirnlos heraus.
Nino schiebt die Unterlippe vor und schaut mich mit todernster Miene an.
»Okay«, sagt er schließlich. »Vor fünf kann ich hier allerdings nicht weg. In der Zwischenzeit gehst du schon mal zu Haircut in der Domenikusstraße. Frag nach Lambert und bestell ihm einen schönen Gruß von mir. Vielleicht hat er gerade keinen Kunden und kann dir einen peppigen Schnitt verpassen.«

Eine knappe Stunde später habe ich tatsächlich eine neue Frisur, und zwar ganz anders, als ich es mir vorgestellt habe, nämlich kurz und wild. Es gefällt mir überhaupt nicht, aber Nino findet, dass es total klasse aussieht.
»Es ist immer das Gleiche mit Lambert«, versucht er mich zu trösten. »Wenn er mit dir fertig ist, fühlst du dich jedes Mal wie frisch gepudert. Aber dann, am nächsten Tag, geht plötzlich die Sonne auf. Lambert hat nämlich immer Recht.«
Na super!
Ich lasse mich auf einen Hocker hinter dem Tresen sinken und schaue Nino dabei zu, wie er seine Kunden bedient. Es ist wirklich genial, wie er mit ihnen umgeht. Absolut ehrlich, aber nie wirklich verletzend. Aus jeder noch so schrulligen Omi holt er das Beste heraus.
Um kurz vor fünf wird er von einer älteren Kollegin abgelöst und wir zockeln endlich los. Nino lotst mich kreuz und quer durch die Straßen und führt mich schließlich in einen ziemlich hippen Klamottenladen, der mir seltsamerweise bisher noch nie aufgefallen ist.
Mit zielsicherer Hand fischt er eine Jeans, eine olivbraune Armeehose, einen einfachen kurzen Rock und ein paar Oberteile in Pink-, Orange und Grüntönen heraus.
»Hier«, sagt er und drückt mir den Kleiderhaufen in den Arm. »Neue Schuhe brauchst du nicht. Das passt alles ganz wunderbar zu deinen Sneakers.«
»Danke«, sage ich und verschwinde mit den Klamotten in einer Umkleidekabine.
Die Hosen und der Rock passen wie angegossen und die Shirts lassen sich ganz phantastisch dazu kombinie-

ren. Es sind in der Hauptsache kurz- oder langärmelige Tüll- oder Spitzentops, einfarbig oder gemustert und mehr oder weniger durchscheinend. Je nachdem, in welcher Reihenfolge man sie übereinander zieht, sieht man immer wieder ein bisschen anders aus.
Ich probiere alles zwanzigmal durch und bin so hin und weg, dass ich am liebsten den Rest meines Lebens in dieser Umkleide und vor diesem Spiegel verbringen würde. – Wenn nicht hinter dem Vorhang Nino stünde und dauernd fragte: »Passt alles?« – »Wie sieht es aus?« – »Hast du das grüne Lingerieteil schon mal über dem pinky Blumenshirt angehabt?«
Genau in dieser Kombination zu der leicht verwaschenen Jeans verlasse ich schließlich die Umkleidekabine und falle Nino total happy um den Hals.
»Das ist absolut super! Das lasse ich gleich an.«
Nino hebt abwehrend die Hände und lacht etwas schrill. »Ist ja schon gut.« Sachte drückt er mich von sich weg. »Und jetzt fahren wir zu mir. Da verpasse ich dir dann ein perfektes Make-up …«
»… und danach darf ich dann nie wieder unter die Dusche«, sage ich grinsend.
Wir dackeln zur Kasse, und nachdem alles eingetütet und bezahlt ist, bin ich um gut zweihundert Euro ärmer. Aber es hat sich gelohnt!

»Können wir nicht mit der Straßenbahn fahren?«, bettele ich, als Nino geradewegs auf die nahe gelegene U-Bahn-Station zustrebt.
»Unterirdisch geht es viel schneller«, erwidert er knapp

und macht keinerlei Anstalten, auf meinen Wunsch einzugehen.
»Aber das letzte Mal bist du doch auch …«
Ich beiße mir auf die Lippen. Nino schaut mich überrascht an.
»Was?«, hakt er nach. »Was bin ich das letzte Mal?«
Ich gucke stur geradeaus.
»Straßenbahn gefahren.«
»Du hast mir also hinterherspioniert?«, fragt Nino.
»Quatsch«, sage ich. »Ich hab dich bloß gesehen.«
»Ach so.« Er grinst. »Und wieso magst du nicht U-Bahn fahren?«
»Ich hasse die Dunkelheit«, stoße ich hervor.
Nino attackiert mich mit einem Seitenblick, sagt aber nichts. Stattdessen macht er auf dem Absatz kehrt und rennt nun zum Bahnhof zurück.
»D-das ist wirklich lieb von dir«, stammele ich, nachdem ich seine plötzliche Kehrtwendung nachvollzogen habe und wieder auf einer Höhe mit ihm bin.
»Genau das scheint mein Problem zu sein«, murmelt er leise. »Ich bin einfach zu nett.«
Es klingt nach ausnutzen lassen und das sage ich auch.
»Du bist da wohl ganz anders, was?«, erwidert er.
»Ja«, sage ich. »Nein.«
»Was denn jetzt?«
»Ich habe mich ein einziges Mal ausnutzen lassen«, erkläre ich ihm. »Das passiert mir nie wieder.«
»Du meinst die Sache mit deiner besten Freundin?«
Ich nicke.
Nino schüttelt unwillig den Kopf. »Das ist was anderes«, sagt er. »Das hat sie wahrscheinlich gar nicht mit Absicht gemacht.«

»Spinnst du?«, fahre ich ihn an. »Na logisch hat sie das! Sie hat mich mit Absicht hintergangen und belogen.«
Nino zuckt die Achseln.
»Ja, aber bestimmt hat sie sich nicht mit Absicht in deinen Freund verliebt.«
»Woher willst du das wissen?«
»Weil so etwas immer einfach passiert«, sagt er und steigt in die Bahn, die gerade gehalten hat. Er lässt sich auf einen Zweiersitz fallen und rutscht zum Fenster durch.
Ich habe keine Lust, darauf etwas zu erwidern, und setze mich stumm neben ihn.
»Es gibt Menschen, die müssen in der Dunkelheit leben«, sagt er nach einer Weile. »Deren Haut ist so empfindlich, dass sie nicht das kleinste bisschen Licht verträgt.«
Ich bin froh über den Themawechsel und steige sofort darauf ein.
»Wieso? Was passiert denn dann?«
»Sie rötet sich. Verbrennt. Sie bildet sofort Karzinome«, erklärt Nino mir.
»Karzinome?«
»Krebs.«
»Ach so«, sage ich.
»Es gibt nicht viele von ihnen. Vielleicht eine gute Hand voll in Deutschland«, fährt Nino fort. »Man nennt sie Mondscheinkinder.«
»Kennst du so jemanden?«, frage ich.
»Ja, Valeska. Sie wohnt bei mir im Haus.«

Den Rest der Fahrt grübele ich darüber nach, warum er mir das erzählt hat. Was interessieren mich Mondscheinkinder? Ich frage nicht mal nach, was sie so machen. Ob sie nur nachts aus ihren Höhlen kriechen. Wie Werwölfe bei Vollmond.
Ich habe andere Probleme. Und die heißen Noel und Kirsty.
Wir steigen aus an dieser Haltestelle, die mir inzwischen schon fast wie ein zweites Zuhause verkommt, und ich dackele neben Nino her wie ein treudoofer Pudel.
Während er die Haustür aufschließt, gleitet mein Blick wie zufällig über die Klingelschilder.
Kein V für Valeska. D., M. u. F., C. und E. scheiden aus. Es sei denn …
»Wohnt sie allein?«, frage ich.
»Wer?«
»Deine Mondscheinfreundin.«
Nino zieht den Schlüssel aus dem Schloss und schenkt mir einen todfinsteren Blick.
»Es ist nichts, worüber man sich lustig machen müsste.«
»Schon gut«, sage ich. »War ja nicht so gemeint.«
Er lässt mich vorbei ins Treppenhaus. Wir gehen in den zweiten Stock hinauf.
»Valeska wohnt allein«, sagt er. »Sie kommt aus Tschechien.«
»Und ihre Eltern?«
»Die sind noch dort.«
Nino führt mich direktemente ins Bad. Es ist winzig klein und dazu noch giftgrün gekachelt.
Ziemlich »crazy«, finde ich das und sinke auf den Badewannenrand.

»Man gewöhnt sich dran«, meint Nino. »Willst du was trinken?«

»Hier?«, frage ich ungläubig und schaue zur Decke hinauf. Der obere Teil der Wände ist in kräftigem Pink gestrichen. Über der Badewanne hängt ein vertrockneter Ast, um dessen Zweige eine Lichterkette aus tausend winzigen weißen Blümchen geschlungen ist. Aus den Augenwinkeln sehe ich, wie Nino sich herunterbeugt und den Waschbeckenunterschrank öffnet.

»Cola? Wasser? Wein? Bier? Oder doch lieber Sekt?«

Wie bitte was? Ich reiße meinen Blick von dem Lichterzweig los und schaue in einen Kühlschrank, der nicht viel größer ist als ein Schuhkarton.

»Ich trinke keinen Alkohol«, sage ich.

»Das ist brav«, sagt Nino mit einem amüsierten Lächeln in den Mundwinkeln.

Er fischt eine Miniflasche Coke heraus, öffnet sie und setzt sich zu mir auf den Wannenrand.

»Du wirst es nicht glauben, aber in diesem Zimmerchen habe ich meine romantischsten Stunden verbracht.«

Ich setze die Flasche an die Lippen und trinke ein paar hastige Schlucke. Hoffentlich verschont er mich mit intimen Details. Sein Liebesleben mag ich mir lieber nicht so recht vorstellen. Und wer weiß, vielleicht ist er ja gar nicht … oder bi … oder … Keine Ahnung!

»Du hattest wohl noch keinen Sex?«, fragt er, nachdem ich eine Weile wortlos auf meine leere Colaflasche gestarrt habe.

»Das geht dich gar nichts an!«, fauche ich.

»Ich weiß«, sagt Nino. Er nimmt mir die Flasche aus der Hand und stellt sie neben den Unterschrank. »Dann gehen wir jetzt am besten mal ans Werk.«

Mein Impuls ist aufzuspringen und wegzurennen. Aber irgendwie gehorchen meine Muskeln nicht. Ich denke an Noel und daran, dass wir zusammen schlafen wollten. Warum haben wir uns bloß so viel Zeit damit gelassen? Ich bin sicher, es wäre das Wahnsinnserlebnis überhaupt gewesen und hätte uns absolut unzertrennlich gemacht.

Und genau weil das so ist und Kirsty auf keinen Fall auf die Überholspur geraten darf, recke ich Nino mein Gesicht entgegen und lasse mich bereitwillig von ihm mit Schwämmchen, Pinseln und Stiften bearbeiten.

Es dauert eine halbe Ewigkeit und als ich endlich aufstehen und in den Spiegel gucken darf, bin ich total geplättet.

Ich sehe total gut aus. So wie ich, nur besser.

»Du bist genial!«, quieke ich. »Wie hast du das bloß wieder gemacht?«

Nino zuckt mit den Schultern.

»Valeska meint, ich hätte wohl einen Blick dafür.«

Schon wieder Valeska.

»Ist sie deine Freundin?«, frage ich. »Äh, ich meine …«

»Klar ist sie meine Freundin«, sagt Nino, während er die Schminksachen in einen kleinen roten Lederkoffer einsortiert. »Aber das interessiert dich ja nicht.«

Stimmt. Trotzdem fühle ich mich gezwungen zu protestieren.

»So ist das ja nun auch wieder nicht. Ich kenne sie ja nicht mal.«

»Kein Problem«, sagt Nino. »Du könntest sie kennen lernen. Sie ist bestimmt zu Hause.«

Logisch, wenn sie nur nachts durch die Gegend rennt,

weil kein Sonnenlicht an ihre Haut darf. Ich kann mir das alles gar nicht vorstellen. Und außerdem läuft bei mir sowieso gerade ein ganz anderes Programm. Nämlich mein eigenes.

»Ein anderes Mal vielleicht«, sage ich also hastig. »Jetzt muss ich …«

»… dein neues Styling zum Einsatz bringen?«, fällt Nino mir ins Wort.

»Natürlich«, sage ich. »Spätestens morgen ist es im Eimer.«

»Du kriegst es auch selber hin«, erwidert Nino. »Mit etwas Übung. Versuch es einfach mit ein bisschen Gloss und hellen Farben«, empfiehlt er mir. »Dieser schwarze Lidstrich, den du da letztens hattest, war nämlich keine wirklich gute Idee.«

»Okay«, sage ich und quetsche mich an ihm vorbei in den Flur.

»Und sonst kommst du eben einfach noch mal vorbei und ich zeig es dir in Ruhe«, bietet er mir an.

»Ja«, sage ich und laufe auf die Wohnungstür zu.

Erst als ich wieder draußen auf der Straße stehe, fällt mir ein, dass ich mich nicht mal bedankt habe.

Verdammt, was bin ich nur für eine Torfbirne! – Na ja, Nino wird es hoffentlich verschmerzen.

➸ *Plan B*

Es ist kurz nach sieben, als ich in der Bahn sitze, die in Noels Gegend fährt. Mein Handy dudelt sich fast blöd, weil Mam versucht mich zu erreichen. Soll sie!
Ich habe absolut keinen Bedarf, mit ihr zu reden, denn ich muss mir das Gehirn zermartern, wie ich am klügsten an Kirsty herankomme. Zunächst einmal werde ich allerdings Mr. Unknown einen kleinen Besuch abstatten.
Ich schalte das Handy aus, stopfe es in meine Tasche und grübele mir unschöne Zacken ins Gehirn, die sich zu keiner wirklich guten Idee formen lassen. Bekanntschaften oder Freundschaften kann man nicht wirklich steuern, sie ergeben sich zufällig. So wie die Geschichte mit Nino. Oder so wie es damals mit Nella gewesen ist. Aber darüber will ich gar nicht erst nachdenken.
Gut wäre es, wenn ich herausfinden könnte, ob Kirsty ein Hobby hat oder, noch besser, ob sie in einer Art Sportgruppe ist, der ich mich ebenfalls anschließen könnte. Aber dazu müsste ich Friederike, Colleen und Co. befragen. Das wiederum würde jedoch bedeuten, dass ich mich bis zur totalen Unkenntlichkeit erniedrigen müsste. – Was natürlich absolut nicht infrage kommt!
Es muss mir also unbedingt noch etwas anderes einfallen!

Zunächst einmal macht mir allerdings mein blödes Herz einen Strich durch die Grübelei. Je näher die Bahn Noels Straße kommt, desto heftiger klopft es. Und als ich schließlich an der Haltestelle Ludwigstraße aussteige, kriege ich kaum noch Luft, so sehr wummert es unter meinem Brustbein herum.

Auf zitternden Beinen stakse ich den Bürgersteig entlang. Mein Blick saugt sich an dem Haus mit der Nummer 67 fest. Hinter Noels Fenster brennt Licht. Er ist also zu Hause. Ob Kirsty wohl auch bei ihm ist?

Ein schrecklich dumpfes Gefühl setzt sich in meinem Magen fest und ich reiße meinen Blick mit aller Gewalt von Noels erleuchtetem Fenster los. Dann atme ich ein paar Mal tief durch, bis meine Herzfrequenz sich einigermaßen normalisiert hat, und steuere innerlich und äußerlich aufgerichtet auf die Tür des Nachbarhauses zu.

Ich zaubere mir ein Lächeln ins Gesicht, hoffe, dass es nicht allzu verkrampft aussieht, und drücke auf den Klingelknopf. Eine ganze Weile passiert gar nichts. Dann geht das Licht in der Diele an und ich höre Schritte.

Hoffentlich ist er es, bete ich. Was soll ich seiner Mutter oder seinem Vater sagen? Dass ich Mr. Unknown sprechen will?

Dann geht die Tür auf und ich registriere erleichtert, dass mein Gebet erhört worden ist.

»Hi«, sage ich.

Mr. Unknown starrt mich an, als ob ich von einem anderen Planeten käme.

»Hi?«, erwidert er schließlich. Er hebt seine Hand und kratzt sich am Kopf. »Muss ich dich kennen?«

»Das nehm ich mal an«, sage ich und fange an, mein Sprüchlein aufzusagen. »Also …«
»Ach duuu!«, ruft er plötzlich. »Ich hab dich gar nicht erkannt.«
»Ja«, sage ich.
Er hat mich unterbrochen und jetzt fällt mir auf die Schnelle leider nichts Intelligenteres ein.
»Tut mir Leid«, sagt er, »aber du siehst total verändert aus. Du könntest glatt deine eigene Schwester sein.«
Er grinst fast ein bisschen verlegen. Die Coolness, die er bisher zur Schau gestellt hat, ist völlig verschwunden. Ulkig.
»Äh«, sage ich. »Du bist auch nicht zufällig dein Bruder?«
»Wieso?«
»Na ja, du bist ja auch …«, beginne ich zu erklären, aber dann ist mir das auf einmal irgendwie zu blöd.
»Was?«
»Ach nix«, sage ich abwinkend. »Ich wollte nur …«
Wieder finde ich den Faden nicht.
»Ja?«
»Ja, also …«
»Vielleicht willst du erst mal hereinkommen«, bietet er mir an.
»Meinst du echt?«
»Klar, nun komm schon …«
Er tritt ein Stück zur Seite, damit ich in den Flur schlüpfen kann.
»Wie heißt du überhaupt?«, frage ich. »Ich meine, ich kann doch nicht einfach zu einem Fremden in die Wohnung.«
»Meine Eltern sind auch noch da«, erwidert er. »Sie

sitzen im Wohnzimmer und könnten dir im Notfall bestimmt zu Hilfe kommen.«
»Hoffentlich«, sage ich und grinse. »Sie könnten immerhin mit dir unter einer Decke stecken.«
Er schaut mich an. Seine Augen sind hellbraun. Sein Blick ist ernst.
»Und?«, fragt er schließlich. »Willst du das Risiko eingehen?«
»Sag mir erst, wie du heißt«, erwidere ich.
»Justin.«
»Justin?«, wiederhole ich fragend. »Ein englischer Name?«
»Gefällt er dir nicht?«
»Doch, aber …«
»Meine Mutter kommt aus einem Vorort von Glasgow.« Er deutet auf die Treppe, die gleich hinter einer schmalen Tür nach oben führt. »Mein Zimmer ist oben.«
»Willst du nicht vorgehen?«
»Klar«, meint er. »Wenn du Angst hast, dass ich dir von hinten die Hände um den Hals lege. Dabei hatte ich eigentlich vor, dich erst oben in meinem Zimmer zu …«
»Zu was?«
Er lächelt und dabei leuchtet eine kleine goldene Sonne in seinen Augen auf.
»Wollen wir das nicht lassen? Ob du es glaubst oder nicht, ich bin wirklich harmlos.«
»Und ich wollte mich eigentlich auch nur bei dir entschuldigen«, sage ich.
»Entschuldigen?«, wundert Justin sich. »Wofür?«
»Dafür, dass ich mich so blöd benommen habe.«

»Hast du das?«
»Find ich schon«, sage ich. »Immerhin hast du gedacht, ich will was von dir und dabei ist das Ganze bloß ein Missverständnis.«
Er nickt.
»Ich bin froh, dass du vorbeigekommen bist«, erwidert er. »Ehrlich gesagt, hab ich es mir sogar gewünscht, weil ich mich dir gegenüber auch nicht korrekt verhalten habe. Finde ich.«
»Schon gut«, sage ich.
Wir stehen einfach da und sehen uns unschlüssig an.
»Willst du immer noch mit raufkommen?«, fragt Justin schließlich.
»Nein«, sage ich. »Aber wir könnten ja vielleicht mal …«
»Was?«
»Zusammen ins Kino gehen und …«
Justin lächelt und wieder ist da die kleine Sonne um seine Pupillen.«
»Ich denke, du willst nichts von mir.«
»Stimmt«, sage ich und schaue betreten auf meine Sneakers. »Aber vielleicht …«
»Was?«
O Gott, ist das peinlich! Eigentlich läuft die Sache genau da hin, wohin ich sie haben will, allerdings geht mir das Ganze viel zu schnell. Vielleicht hätte ich das mit dem Kino besser nicht gesagt und mich doch zuerst um Kirsty kümmern sollen. Aber *hätte* ist leider immer Vergangenheit. Schauen wir also, was sich an der Zukunft noch basteln lässt.
»Nicht, was du denkst«, sage ich also schnell.
Ich höre Justins Atem über mir.

»Was denke ich denn?«, fragt er.
»Keine Ahnung«, stottere ich.
»Wie bist du letzten Samstag vor meine Haustür geraten?«, bohrt er unbeirrt weiter.
»Das war reiner Zufall«, erkläre ich ihm. »Eigentlich habe ich auf eine Freundin gewartet, aber …«
»Und das soll ich dir glauben?«
Ich hebe den Kopf, sehe ihm in die Augen und sage: »Ja.«
Zwei oder drei Sekunden hält Justin meinem Blick stand, dann ist er es, der verunsichert zur Seite guckt.
»Okay«, presst er hervor. »Ich will nicht schon wieder …« Er stockt.
»Was?«, frage ich.
»Ach nichts.« Er schlenkert mit seinen Armen rum. »Lass uns einfach ins Kino gehen. Okay?«
Ich atme erleichtert aus. »Okay.«
»Wann?«, will Justin wissen.
Gute Frage. Das hängt nämlich davon ab, wie schnell ich mich an Kirsty ranschmeißen kann. Also versuche ich ein bisschen Zeit zu schinden.
»Nächsten Freitag?«, schlage ich vor.
»Das sind vier Tage«, erwidert er.
Ja, nur.
»Vorher kann ich nicht. Wir schreiben in dieser Woche noch zwei Arbeiten und einen Test, den ich auf keinen Fall vermasseln darf«, schwindle ich.
»Also gut«, sagt Justin. »Nächsten Freitag um …« Er schüttelt den Kopf. »Ich weiß immer noch nicht, wie du heißt.«
»Yella.«
»Und deine Handynummer?«

»Äh …«
Ich bin etwas unschlüssig, ob ich ihm die überhaupt geben soll. Aber warum nicht? Eine Handynummer ist noch keine Adresse.
»Null-eins-sechs-eins-vier-vier-acht-sieben-eins-vier-zwei.«
»Moment …«
Justin zieht ein silbernes Klappteil aus seiner Hosentasche und tippt meine Nummer in den Speicher.
»Also«, sage ich und lege die Hand auf die Klinke. »Bis Freitag.«
»Ja.«
Er schaut mich an.
»Deine Haare fand ich vorher besser.«
»Vielen Dank«, sage ich.
»Aber darauf kommt es ja nicht an.«
Er hebt seine Hand und berührt mich an der Schulter.
»Also«, wiederhole ich hastig. »Bis Freitag dann.«
Ich drücke die Klinke herunter und stolpere nach draußen.
»Pass auf!«, ruft Justin.
Reflexartig greift er nach meinem Arm, aber ich springe noch reflexartiger die Stufen auf den Gehweg hinunter.
»Tschüs, bis Freitag!«, ruft er mir nach.
Als ich auf dem Bürgersteig bin, linse ich noch einmal unauffällig zurück. Justin steht immer noch da. Ich beachte ihn aber nicht, sondern laufe hastig weiter an Noels Haustür vorbei in Richtung Straßenbahnhaltestelle. Aus den Augenwinkeln registriere ich, dass in Noels Zimmer nur noch ein schwaches Licht brennt.
Jetzt küssen sie sich, denke ich.

Ein brennender Stich fährt in meine Brust. Ich bin kurz davor, bei Noel zu klingeln und zu fragen, ob sie bei ihm ist, doch just in diesem Moment öffnet sich die Haustür. Ich fliege geradezu über die hüfthohe Hecke in den benachbarten Vorgarten und schlage mit dem Ellenbogen hart auf dem Rasen auf. Ich beiße die Zähne zusammen und richte meine Hörmuscheln auf Noels Haus aus. Klar und deutlich vernehme ich Stimmen. Was sie sagen, ist leider weniger klar und deutlich. Sie sprechen viel zu leise und ich diagnostiziere nicht einmal einen einzigen Wortfetzen.
Langsam richte ich mich auf und spähe zu ihnen hinüber. Noel trägt wie immer ein weißes T-Shirt und wie immer sieht er einfach zum Anbeißen umwerfend aus! Das Mädchen – Kirsty – hat schulterlange braune Haare. Sie steht schon draußen und reckt ihm den Kopf entgegen. Noel schlingt seine Arme um sie herum und dann küssen sie sich tatsächlich. – Direkt vor meiner Nase!
Meine Knie fangen an zu zittern. Ich lasse mich zurücksinken und zwinge mich, nicht mehr hinzugucken. Aber das nützt leider überhaupt nichts, denn nun laufen die Bilder von damals vor mir ab. Nella und Luca vor der Sporthalle. Wie sie sich umarmen und knutschen.
Verdammte Scheiße!
Ich drücke die aufsteigenden Tränen zurück. Nella, das war mal. Und diese Kirsty ist nicht meine Freundin und sie wird es auch nie sein. Im Gegenteil: Schon bald wird sie es bitter bereuen, dass sie mich kennen gelernt hat und jemals so nah an Noel herangekommen ist.
Wild entschlossen, die Gelegenheit beim Schopfe zu greifen, rappele ich mich auf die Füße. Ein stechender

Schmerz fährt durch mein Ellbogengelenk. Ich stöhne leise und reibe mit meiner Hand darüber.
»Hallo?«, ruft eine Mädchenstimme. »Ist dir was passiert?«
Es ist Kirsty!
Himmel noch mal, das ging ja schnell, durchzuckt es mich. So doll können sie und Noel also gar nicht geknutscht haben. Diese Schlussfolgerung macht mich für einen winzigen Augenblick fast glücklich.
»N-nein«, stottere ich. »Es ist nur … Ich bin irgendwie blöd gefallen.«
»Blöd gefallen?« Kirsty schüttelt ungläubig den Kopf. »Du bist doch nicht etwa mitten durch die Hecke in den Garten da gestürzt?«
»Doch«, sage ich, während ich an der Hecke entlang auf den Ausgang zugehe. »Ich weiß auch nicht, so was passiert mir dauernd.«
Soll sie mich ruhig für einen Volltrottel halten. Dann nimmt sie mich wenigstens nicht ernst und traut mir auch keine Gemeinheiten zu. Trottel sind liebenswerte Menschen, mit denen man Mitleid hat, und ich bin fest entschlossen, diesen Umstand voll und ganz auszunutzen. Das kurz aufkeimende schlechte Gewissen schalte ich aus. Immerhin hat diese Kirsty auch nicht groß danach gefragt, ob Noel vielleicht schon vergeben ist. Meine Schmerzen sind jetzt schon größer als ihre jemals sein können, also …
Sie guckt mich an und grinst.
»Kenn ich. Ich trampele auch ständig von einer Peinlichkeit in die nächste.«
Moment mal … *Sie* soll Mitleid mit *mir* haben, nicht *ich* mit *ihr*! Also konzentriere ich mich wieder voll und

ganz auf meinen lädierten Ellenbogen und drücke ihn mit schmerzverzerrtem Gesicht gegen meinen Bauch. Es wirkt hervorragend.
»Hast du dich etwa verletzt?«, fragt Kirsty und fasst mich an die Schulter. »Oje, oje«, jammert sie bestürzt. Ich glaube, die Wette, dass ihr Gesichtsausdruck noch hundertmal gequälter ausschaut als meiner, würde ich glatt gewinnen.
»Es geht schon«, versuche ich die Sache abzumildern. »Ist bestimmt nur 'ne Prellung.«
»Nur?« Kirsty schüttelt den Kopf. »Damit ist nicht zu spaßen. Mir ist mal beim Laufen der Träger meiner Tasche von der Schulter gerutscht. Ich habe mich darin verheddert und bin voll auf die Nase gefallen. Das war eine Prellung, sag ich dir, wenn ich damit nicht sofort zum Arzt gegangen wäre …«
»Ich brauche keinen Arzt«, sage ich bestimmt. »Das ist nur der Ellenbogen …«
»Nur?«, wiederholt Kirsty sich. »Weißt du was?«, fährt sie fort und fuchtelt zur Hausnummer 67 hinüber. »Da vorne wohnt mein Freund …«
Dein Freund? – Das ist meiner, meine Süße!
»… Wir könnten zu ihm gehen«, sprudelt es aus ihr hervor. »Du könntest dich einen Moment hinsetzen und wir könnten uns die Verletzung mal ganz in Ruhe ansehen.«
Das sind eindeutig drei *könnten* zu viel.
»Nein, nein, nein«, sage ich und schüttele energisch den Kopf. »Ich fahre jetzt nach Hause. Da kann meine Mutter sich um mich kümmern.«
Kirsty holt einmal tief Luft. Schließlich erklärt sie sich einverstanden.

»Okay«, erwidert sie. »Aber ich komme mit. Nachher hast du einen Schock und kippst unterwegs noch aus den Latschen.«

Davon, dass ich keinesfalls einen Schock habe, wollte Kirsty sich partout nicht überzeugen lassen.
»Ich habe sowieso nichts mehr vor«, stellte sie klar.
Mein Protest beeindruckte sie überhaupt nicht und so sitzen wir nun in der Straßenbahn und fahren in Richtung Zweite-Heimat-Nino. Etwas Besseres ist mir leider nicht eingefallen.
Da ich meine wahre Identität nicht preisgeben kann, habe ich einen Moment an Nella gedacht. Aber mit der hab ich ja nun absolut nichts mehr am Hut. Und so habe ich mich kurzerhand für Valeska entschieden. Valeska Tschetschicz, das Mondscheinkind. Aber das muss Kirsty ja nicht wissen.
»Valeska …« Während sie mich mit ihrem hellblauen Blick aufsaugt, lässt sie sich diesen Namen geradezu auf der Zunge zergehen. »Klingt irgendwie tschechisch.«
»Ist es auch«, bestätige ich. »Mein Vater kommt aus Prag.«
Eine hübsche Vorstellung, mit der ich mich glatt anfreunden könnte!
»Mein Freund hat einen französischen Namen«, erzählt sie mir. »Seine Eltern sind allerdings aus Deutschland.«
Was du nicht sagst! Ich spüre, wie eine heiße Wutbombe in meinem Bauch explodiert. Beherrsch dich, Yella, sage ich mir. Kirsty weiß es schließlich nicht besser.

»Das ist ja nichts Ungewöhnliches«, brumme ich. »Französische Namen sind schließlich immer wieder mal total in. Patrick, Nadine, Nicole …«, zähle ich abfällig auf.
»Mein Freund heißt Noel«, unterbricht Kirsty mich. »Ich finde schon, dass das ein besonderer Name ist.«
Für einen ganz besonderen Typen, ich weiß!
»Bist du schon lange mit ihm zusammen?«, frage ich scheinheilig.
Kirsty schüttelt den Kopf.
»Erst seit letzten Samstag. Geknistert hat es allerdings schon etwas länger zwischen uns.«
Das kann überhaupt nicht sein, du Kuh!
Ich wende meinen Blick zur Straßenbahndecke und zwinge mich ruhig und tief zu atmen. Glücklicherweise bekommt Kirsty von meinen Gefühlswallungen nichts mit. Sie plappert munter drauflos.
»Eigentlich fand ich ihn schon immer toll«, eröffnet sie mir. »Wir gehen in dieselbe Klasse, daher kenne ich ihn. Wir hatten viele tolle Gespräche …« – Pah! – »… ansonsten hat Noel sich aber leider nicht weiter für mich interessiert. Irgendwann hab ich dann erfahren, dass er eine Freundin hat. Da hab ich mir dann erst mal keine Hoffnungen mehr gemacht.«
Sie hebt bedauernd die Schultern, doch eine Sekunde später strahlt sie schon wieder wie ein Smily.
»Aber das Schicksal hat es gut mit mir gemeint«, textet sie weiter. »Unser Chemielehrer hat uns nämlich für eine Versuchsanordnung in eine Gruppe gesteckt. Noel und ich haben den ganzen Schriftkram zusammen gemacht. Und da hat es dann angefangen.«
»Hm«, mache ich und verschränke die Arme über der

Brust. »Hat es dich denn überhaupt nicht gestört, dass er eine Freundin hat?«
Kirsty schaut mich erstaunt an.
»Nee, eigentlich nicht. Also, es ist ja nicht so, dass ich mich dazwischen gedrängt hätte oder so. Außerdem kenne ich sie überhaupt nicht.«
Hast *du* eine Ahnung!
»Vielleicht hat es zwischen ihnen ja eh schon nicht mehr so gestimmt. Und wenn Noel sich in mich verliebt? Was kann ich denn dafür?«, verteidigt sie sich weiter.
»So richtig wohl fühlst du dich also nicht dabei?«, frage ich scharf.
Kirsty zieht die Mundwinkel ein.
»Was ist denn mit dir los?«, erwidert sie. »Findest du das etwa unmoralisch oder so?«
»Keine Ahnung«, versuche ich mich rauszureden. Schließlich soll sie keinen Verdacht schöpfen. »Es ist nur … Ich hatte mal eine Freundin, die mir meinen Freund ausgespannt hat.«
»Ach so …«
Kirsty nickt. Sie wendet sich dem Fenster zu und starrt schweigend auf die Straße hinunter.
Ich nutze die Gelegenheit, sie etwas genauer unter die Lupe zu nehmen. Mit ihren glatten braunen Haaren und den hellen Augen ist sie vom Typ her das genaue Gegenteil zu mir. Ihr Gesicht ist eigentlich ganz hübsch, und ein wenig rund und mädchenhaft lieb. Ich hätte nie gedacht, dass Noel auf so etwas steht.
Ansonsten ist sie eher ganz normal durchschnittlich gekleidet. Jeans, Schnürschuhe, T-Shirt, Safarijacke.
Mein Blick bleibt schließlich an ihren Händen kleben.

Sie sind sehr schmal und die Daumen ungewöhnlich kurz. Auf dem Rücken der linken Hand hat sie ein kleines Schlangen-Tattoo und die Finger der rechten sind geradezu mit silbernen Ringen übersät.
Irgendwie passt das nicht zu ihrem runden Gesicht und irgendwie gefällt mir das. Genau das ist aber nicht drin, also reiße ich mich von ihren beringten Fingern los und schaue ebenfalls aus dem Fenster.
»Was ist?«, fragt Kirsty.
»Wieso?«
Ich drehe meinen Kopf zurück und gucke sie überrascht an.
»Na, du hast doch gerade auf meine Finger gestarrt, oder nicht?«
»Doch«, gebe ich zu. »Ich habe deine Ringe bewundert.«
»Ja«, sagt Kirsty und lächelt verlegen. »Ich hab da so 'n Tick. Wenn ich einen Ring sehe, der mir gefällt, muss ich ihn kaufen.«
Ich nicke. Kirsty lächelt noch mal, dann schauen wir aus dem Fenster und schweigen. Keine Ahnung, worüber ich noch mit ihr reden soll. Ich habe schließlich keinen Tick.
Zum Glück nähern wir uns langsam meinem Ziel.
»An der Nächsten muss ich raus«, sage ich und stehe langsam auf. »Danke noch mal, dass du mitgekommen bist …«
Kirsty springt sofort auf.
»Ich bring dich noch …«
»Nee, lass mal.« Ich schüttele den Kopf. »Das ist wirklich nicht nötig. Ich wohne gleich da vorne hinter dem Spielplatz«, sage ich und tippe gegen die Scheibe.

»Okay«, meint Kirsty. »Dann fahr ich weiter bis zum Liesegangplatz. Da kann ich dann umsteigen und …« Sie stockt und fängt an, wie wild in ihrer Umhängetasche herumzukramen. Schließlich zieht sie eine kleine orangefarbene Karte heraus. »Hier meine Adresse, Handynummer und so weiter.« Sie lächelt schüchtern. »Ruf doch mal an und erzähl mir, wie's deinem Arm so geht …«

»Mach ich«, verspreche ich, nehme ihr die Karte aus der Hand und springe zur Tür.

»Und deine Nummer?«, ruft sie mir nach.

»Null-eins-sechs-eins-vier-vier-acht-sieben-eins-vier-zwei«, rattere ich herunter. Das merkt sie sich garantiert nie!

Die Bahn hält und ich steige auf den Bürgersteig hinunter. Kirsty sitzt wieder auf ihrem Platz und winkt mir zu.

Ich winke zurück, allerdings nur kurz. Ein Schmerz durchzuckt meinen Ellenbogen und mein Arm sinkt ganz automatisch wieder runter. In meinem Bauch macht sich ein seltsames Gefühl breit. Rasch wende ich mich um und laufe auf den Spielplatz zu. An der Hecke bleibe ich stehen, drehe mich um und warte, bis die Bahn außer Sichtweite ist. Dann laufe ich zurück und stelle mich auf der gegenüberliegenden Straßenseite ins Wartehäuschen.

Ein Blick auf die Fahrpläne zeigt mir, dass ich meine Linie um drei Minuten verpasst habe und mich nun satte zwölf gedulden muss. Na ja, was soll's? Ich habe eh keinen Bock auf Zuhause und Mams dumme Fragen.

Ich lasse mich in eine der Plastiksitzschalen fallen und

betrachte Kirstys Visitenkarte. Tatsächlich steht alles drauf, was das Herz begehrt: Name: *Kirsty Wegert*, Adresse: *Rabenweg 48*, Telefon: *567898*, Handy: *0161226759*, E-Mail: *kibe@gmx.de*.

»Ich werde dich anrufen«, murmele ich. »Darauf kannst du einen lassen!«

Ich stecke die Karte in die Plastikhülle meines Adressbüchleins und lehne mich zurück. Aus der Ferne sehe ich das Licht einer herannahenden Straßenbahn. Es ist nicht meine, sondern die 412. Ich habe immer noch 8 Minuten.

Die Bahn hält und öffnet die Türen. Eine Omi mit einem Dackel auf dem Arm steigt aus. Hinter ihr erscheinen zwei Typen mit gepiercten Augenbrauen.

Auch aus dem Anhänger quellen Leute. Eine Gruppe Männer im feinen Zwirn, zwei Mädchen und – die Burka mit der Atemmaske!

Diese Gegend scheint für mich ein wahrer Knotenpunkt für schicksalhafte Begegnungen und Ereignisse zu sein. Offenbar ist das auch der Atemmaske klar, denn sie steuert jetzt genau auf mich zu!

»Hallo«, quatscht sie mich an. »Ich kenn dich doch.«

Mir gefriert fast das Blut in den Adern. Ich kenne sie nämlich auch. Zumindest die Stimme. Sie gehört der Monsterfratze, mit der ich letzten Samstag während meiner nächtlichen Streifzüge hinter dem Spielplatz zusammengerauscht bin.

»Ja«, sage ich zögernd. »Kann schon sein.«

»Tut mir Leid«, erwidert sie. »Ich meine, dass ich gerade in diesem Aufzug bin und du mir nicht in die Augen gucken kannst. Aber soweit ich mich erinnere, hat dir meine Optik ohnehin nicht besonders gefallen.«

Meine Wangen fangen an zu glühen, als ob sie in einen Schmelztiegel gefallen wären. Unfasslich, wie selbstbewusst diese Monsterfratze ist!
»Na ja«, stammele ich. »Man sieht so was … äh …«
Ich breche lieber ab, ehe weitere ungewollte Ungeschicklichkeiten über meine Lippen flutschen.
»Mondscheinkinder«, sagt sie. »Die sieht man in der Tat nicht jeden Tag. Wir sind nämlich so ziemlich in der Minderheit.«
Mondscheinkinder – meine Güte noch mal, was bin ich blöd gewesen! Die Monsterfratze unter der Atemmaske ist niemand anderes als Ninos Freundin. Und die Burka ist auch keine Burka und die Atemmaske keine Atemmaske. Das alles trägt sie nur, um ihre Haut vor dem Tageslicht zu schützen.
»Du bist Valeska, stimmt's?«, sage ich.
»Hey!«, ruft sie. »Bist du Hellseherin?« Sie fasst sich mit einer Hand, die in einem schwarzen Lederhandschuh steckt, an die Stelle, hinter der sich ihre Stirn befinden muss. »Oder steht mein Name neuerdings angeschrieben.«
»Nein«, sage ich. »Nino hat mir von dir erzählt.«
»Nino?« Sie stutzt. »Also wirklich! Dass der aber auch seine Klappe nicht halten kann! Kennst du ihn schon lange?«, will sie wissen.
Ich schüttele den Kopf.
»Erst seit letzten Samstag«, sage ich. »Genau wie dich. Nino hat mir sogar von dir erzählt, aber ich bin nicht auf den Trichter gekommen, dass du das sein musst.«
Ich zucke die Schultern. »Klingt ein bisschen idiotisch jetzt, aber …«
Valeska winkt ab. »Schon klar«, unterbricht sie mich.

»Wenn ich mich nicht irre, hat er mir auch von dir erzählt. Wenn du die mit dem Riss in der Jeans bist und Yella heißt …«

»Also, Nino ist doch wirklich eine Klatschtante!«, platze ich heraus.

»Nee, das siehst du falsch«, widerspricht Valeska mir sofort. »Er macht sich einfach nur wahnsinnig viele Gedanken um seine Mitmenschen. Um dich übrigens auch.«

»Völlig überflüssigerweise«, brumme ich.

Obwohl ich Valeskas Augen hinter dem Schutzvisier nur als dunkle Stellen wahrnehme, schaffe ich es nicht, sie richtig anzusehen. Überhaupt ist es ziemlich unwirklich, mit so einer Maske zu reden. Ich fühle mich seltsam ungeschützt und ausgeliefert, aber gleichzeitig verrückterweise auch irgendwie anonym.

Valeska scheint sich dessen ziemlich bewusst zu sein, denn sie plappert sich munter weiter in mein Seelenleben hinein.

»Nino fand aber, du seiest ganz schön durch den Wind und so. Hättest dich nicht mal für seine Beratung bedankt.«

Ich wusste, dass er mir das nachträgt! Und ich weiß natürlich auch, dass das nicht in Ordnung war. Aber Nino hat absolut Recht: Ich bin durch den Wind! Wer wäre das nicht, wenn er seine große Liebe verliert.

Bevor ich jetzt allerdings ins tiefste Jammertal hinabrutsche und Valeska dazu womöglich Rede und Antwort stehen muss, mache ich eine Kehrwendung und sage:

»Ich hatte es ganz einfach eilig. Natürlich bedank ich mich noch bei ihm. Ich lass mir irgendwas Besonderes

einfallen. Schließlich hat Nino das wirklich ganz toll hingekriegt.«
Valeska nickt.
»Stimmt«, meint sie und seufzt leise. »Blöderweise verträgt meine Haut dieses Zeug nicht. Sonst würde ich mich auch öfter mal von Nino zurechtstylen lassen.«
Wozu denn?, hätte ich beinahe gefragt. Dich sieht doch sowieso kein Mensch, doch dann fällt mir ein, dass sie zumindest im Dunkeln ohne ihre Maskerade herumläuft.
»Wie machst du das eigentlich?«, frage ich vorsichtig. »Ich meine, wenn du keine Sonnenstrahlen und kein Tageslicht verträgst, schläfst du dann länger und bleibst dafür nachts länger auf?«
»Ganz genau«, bestätigt Valeska.
»Das heißt, du arbeitest nicht, studierst nicht oder …?«
Sie schüttelt den Kopf. »Nee. Es gibt kaum Jobs, die ich machen könnte. Eine Möglichkeit wäre, beim Wachdienst zu arbeiten.« Sie kichert leise. »Dafür wäre ich sogar ganz besonders gut geeignet, weil jeder Einbrecher bei meinem Anblick wahrscheinlich sofort die Flucht ergreifen würde.«
»Mannomann«, sage ich. »Du hast vielleicht einen Humor.«
»Der hat mich schon oft genug gerettet«, erwidert sie todernst.
Ein paar Sekunden lang herrscht angespannte Stille. Ich bete inständig, dass die Bahn bald auftaucht, da sagt Valeska auf einmal:
»Garantiert fragst du dich jetzt, wovon ich überhaupt lebe.«

»Ja«, gebe ich zu. »Sind deine Eltern so reich?«
»Nein«, erwidert sie. »Und selbst wenn, irgendwas muss man ja trotzdem tun.«
»Und was tust *du*, um Geld zu verdienen?«, frage ich.
»Malen«, sagt Valeska.
»Wow! Du meinst, du malst Bilder und es gibt Leute, die dir so viel Geld dafür geben, dass du davon leben kannst?«
»Auch«, erwidert sie. »Ich mache Ausstellungen mit meinen eigenen Bildern. Außerdem zeichne ich Comics für Zeitschriften und ab und zu illustriere ich Bücher. Am liebsten arbeite ich aber im Theater. Dort male ich die Kulissen. Das macht einen wahnsinnigen Spaß.«
»Toll«, sage ich ehrlich beeindruckt. »Hast du das irgendwo gelernt?«
»Nein, das kann ich einfach so«, sagt sie. »Vielleicht ist das die ausgleichende Gerechtigkeit.«
Ich kneife die Mundwinkel ein und schaue betreten zu Boden. Wieder entsteht diese komische Stille. Und wieder ist es Valeska, die sie bricht.
»Hast du noch ein bisschen Zeit?«, fragt sie mich.
»Na ja …« Eine Sekunde denke ich an Mam. Und dann denke ich sofort: Sie kann mich mal. »Eigentlich schon … Wieso?«
»Ich könnte dir ein paar Sachen von mir zeigen, wenn du Lust hast.«
Obwohl ich durch das abgedunkelte Kunststoffvisier nicht die Spur einer Mimik erkennen kann, spüre ich ihre Erwartung. Ich weiß, dass sie wahnsinnig enttäuscht wäre, wenn ich ihr Angebot ablehnen würde.
So ganz wohl ist mir zwar nicht dabei, allein zu einem Mondscheinmonster in die Wohnung zu gehen, ande-

rerseits ist der Gedanke an Gruselfilme mit Frankenstein und Co. geradezu absurd. Ich befinde mich weder in einem Hexenwald noch im Moloch einer amerikanischen Großstadt und außerdem ist Valeska, von ihrem Äußerem mal abgesehen, ein ganz normaler netter Mensch.
»Gerne«, sage ich also. »Das interessiert mich ja schon.«
»Du sprühst ja geradezu vor Begeisterung«, erwidert sie leicht ironisch. »Also, wenn du nicht willst, du musst wirklich nicht … Ich bin nicht beleidigt, wenn …«
»Doch, doch«, sage ich und hake mich kurz entschlossen bei ihr unter. »Kunst und Musik sind meine Lieblingsfächer. Und wenn ich schon mal die Gelegenheit habe, jemanden kennen zu lernen, der davon lebt, dann will ich mir die auch nicht entgehen lassen.«

Für die nächsten zwei Stunden tauche ich in eine vollkommene Märchenwelt ab. Valeskas Wohnung ist genauso geschnitten wie Ninos. Zwei Zimmer, Küche, Minibad und Balkon. Jedes Zimmer ist in einem anderen Pastellton gestrichen, passend dazu sind die Accessoires. In einem hellgrünen Bad gibt es grüne Handtücher, Zahnputzbecher, Seifen, Bürstengriffe und Schwämme. Die gelbe Küche ist selbstverständlich mit gelbem Geschirr ausgestattet und im rosafarbenen Wohnraum hocke ich zwischen pinkfarbenen Rüschenkissen und schaue auf rosa Tüllgardinen. Die Möbel allerdings sind ausnahmslos alle weiß.

»Ich weiß, es ist ein bisschen strange«, meint Valeska, die sich mittlerweile ihres Umhangs und ihrer Maske entledigt hat und nun in Jeans und T-Shirt neben mir sitzt. »Aber ich brauche es einfach hell und süß.«

Die Bilder, die sie malt, sind ebenso bonbonfarben, aber unglaublich realistisch. Ihr Lieblingsmotiv scheinen Pferde zu sein, die sie in allen möglichen Variationen gezeichnet hat und die offenbar auch für Kinderbücher sehr gefragt sind. Valeskas Comics dagegen wirken einfach und prägnant und irre komisch. Und dann gibt es noch hauchfeine Federzeichnungen, in denen sie Phantasielandschaften, Elfen, Gnome und Zwerge darstellt.

»Das ist absolut irre«, staune ich. »Du bist ja ein richtiges Supertalent.«
Valeska grinst. Dabei zieht sich die Narbe auf ihrer rechten Wange bis in ihren Mundwinkel, wodurch sie genauso liebenswert bizarr wie ihre Fabelwesen aussieht.
»Das sagt Nino auch immer. Der Arme. Der hat nicht so viel Glück gehabt wie ich.«
»Ja, ich weiß«, sage ich. »Er träumt davon, Maskenbildner zu sein, aber …«
»Ein bisschen ist er das doch schon«, fällt Valeska mir ins Wort.
»Wie meinst du das?«
»Wir sind in einer Laienspielgruppe«, erwidert sie. »Nino ist für die Maske und ich bin für die Bühnenbilder zuständig.«
»Stimmt«, sage ich. »Das hat er erwähnt. Allerdings nicht, dass du dort auch mitmachst. Alles in allem ist das ganz schön viel, oder?«
»Na ja, das Theater ist ja bloß Hobby«, meint Valeska. Ihr Blick wird abwesend und für einen Moment überzieht ein seltsam wehmütiger Ausdruck ihre dunklen Augen. »Trotzdem ist es mir total wichtig. Im Augenblick haben wir allerdings ein Problem.«
»Ja …?«, frage ich vorsichtig.
»Für das Stück, das wir gerade einstudieren, brauchen wir musikalische Untermalung. Wir haben aber nur Tomas, der Saxophon spielt, und einen Trommler«, erklärt sie mir. Plötzlich sieht sie mich ganz offen an. »Du spielst nicht zufälligerweise ein Instrument?«
»Nein«, schießt es aus mir heraus.
»Schade«, meint Valeska. »Ich dachte schon, weil du

vorhin sagtest, dass Kunst und Musik deine Lieblingsfächer sind …«
»Nein«, wiederhole ich. »Außer ein bisschen Blockflötespielen kann ich nichts. Und damit möchte ich nun wirklich nicht in die Öffentlichkeit.«
»Schon okay.« Valeska legt mir sachte eine Hand auf die Schulter. »Sag mal, vermisst dich eigentlich keiner Zuhause?«, will sie wissen.
»Nö, wieso?«
Sie deutet zum Fenster.
»Es ist schon dunkel. Und du bist noch keine achtzehn.«
»Woher willst du das wissen?«, erwidere ich.
Valeska zuckt die Achseln. »Schätz ich mal.«
»Dann hast du dich eben verschätzt«, sage ich. Der Trouble mit meiner Mutter geht sie schließlich überhaupt nichts an. »Trotzdem werde ich langsam müde.«
»Für mich ist es nämlich jetzt Zeit rauszugehen«, meint Valeska. »Heute ist Neumond. Da sind die Abende besonders früh dunkel.«
»Okay«, sage ich. »Hast du was Bestimmtes vor?«
Sie kneift die Mundwinkel ein und lächelt ein wenig verlegen.
»Kann man so sagen.«
Ich greife nach meiner Jacke und streife sie mir über.
»Klingt nach großem Geheimnis«, mutmaße ich.
»Stimmt.« Valeska lächelt. Ihre Backen färben sich leicht rosa und ihre Augen fangen an zu strahlen. »Es ist nämlich so … Ich hab da nämlich …«
»Ja …?«
Sie holt einmal tief Luft und atmet dann ganz spontan wieder aus.

»Ach, weißt du was? Was red ich hier groß rum. Du willst ja sowieso los. Lass uns einfach zusammen gehen, und ich zeig's dir.«

Während wir uns fertig machen und durchs Treppenhaus auf die Straße hinuntergehen, kommt kein einziges Wort mehr über Valeskas Lippen. Erst als wir die Hecke, die den Spielplatz umgibt, erreichen, krallt sie sich plötzlich in meinem Jackenärmel fest.

»Stopp«, zischt sie leise.

»Was ist denn? Willst du ein Kaninchen jagen?«

Sie grinst.

»Ich will überhaupt niemanden jagen«, flüstert sie. »Bloß anschauen.« Sie deutet auf eine der Bänke, die in der Nähe der Schaukeln stehen. »Von dort haben wir den Weg am besten im Blick.«

»Meinst du den, auf dem wir letztens fast zusammengerauscht sind?«, frage ich.

Valeska nickt.

»Stehst du immer dort rum?«, bohre ich weiter.

»Jeden Abend um dieselbe Zeit. Es sei denn, es ist noch nicht dunkel genug.«

»Und warum?«

»Ich warte.«

Das hab ich mir schon gedacht. »Aber auf wen?«

Valeska hebt die Schultern.

»Gereon.«

Aha! Ein ER.

»Sag bloß, du bist verliebt?«, raune ich.

Anstelle einer Antwort packt Valeska mich wieder am

Ärmel und zieht mich quer über den Spielplatz direkt auf die anvisierte Bank zu.

»Schsch«, macht sie. »Es ist jetzt kurz nach zehn. Er muss jeden Augenblick kommen.«

Sie drückt mich auf die Bank runter, pflanzt sich neben mich und starrt so gebannt auf den Plattenweg, als ob sie ihn verhexen wollte.

»Jetzt sag doch endlich«, bohre ich weiter. »Bist du in ihn verkn…«

»Nein!«, fährt sie mir ins Wort. Es kommt genauso schnell und heftig wie mein *Nein* eben, als sie mich nach dem Musikinstrument gefragt hat.

»Aber warum …?«

»Sei still«, wispert sie. »Er kommt.«

Tatsächlich ertönen Schritte auf den Pflastersteinen und im nächsten Augenblick schält sich ein Typ aus der Dunkelheit. Er ist groß und athletisch, hat einen lässigen Gang und halblange hellblonde Haare, die ihm seitlich über das rechte Auge fallen. Es ist der Typ, den ich letztens mit der Frau auf der Rutsche gesehen habe.

»Wieso beobachtest du ihn, wenn du nicht in ihn verliebt bist?«, wispere ich, doch Valeska macht nur eine abwehrende Handbewegung.

»Halt endlich deine Klappe«, zischt sie. »Gleich kommt noch seine Freundin.«

»Seine Freundin?« – Moment mal – »Was hast du vor?«, frage ich und springe von der Bank auf.

Sofort packt Valeska mich am Arm und zerrt mich wieder zurück.

»Herrgott noch mal, jetzt sei doch nicht so kindisch«, fährt sie mich an. »Hätte ich dich doch bloß nicht mitgenommen.«

»Ist ja schon gut«, brumme ich, lasse mich auf die Bank zurückfallen und schaue wieder zu Gereon hinüber, der inzwischen stehen geblieben ist.
Er breitet die Arme aus und verzieht sein Gesicht zu einem hingebungsvollen Lächeln, das mich spontan an Noel und meine erste Zeit mit ihm erinnert. Drei Sekunden später fliegt ihm etwas Kleines entgegen – das Mädchen mit den kurzen dunklen Haaren und glühenden Augen. Die beiden halten sich fest und strahlen einander an. Dann küssen sie sich, sanft und zärtlich und schließlich immer leidenschaftlicher.
Ein heftiger Stich jagt mir durchs Herz und wieder packt mich diese unglaubliche, unbändige, alles verzehrende Wut. Ich kann nicht auf Noel verzichten und ich werde es auch nicht. Eher bringe ich mich um und diese gottverdammte Sozialschmuschnepfe Kirsty gleich mit dazu.
Ich wende mich Valeska zu, um sie zu fragen, wie lange sie sich das Geknutsche noch angucken will. Viel wirkungsvoller wäre es doch, wenn sie mondscheinmonstermäßig dazwischengehen und der Glutäugigen an die Kehle springen würde, doch stattdessen lehnt Valeska sich selig seufzend in die Bank zurück und strahlt mich an, als ob sie soeben den Lotto-Jackpot geknackt hätte.
»Ist das nicht wahnsinnig romantisch?«, säuselt sie.
Ich starre sie an und fasse es einfach nicht.
»Ist es das, was du mir zeigen wolltest? Ein knutschendes Liebespaar? Das gibt es doch an jeder Ecke.«
»Ja, irgendein knutschendes Liebespaar. Aber nicht Gereon und Ina.«
Ich schüttele den Kopf. »Du weißt, wie sie heißt?«

»Natürlich«, sagt Valeska.
»Dann bist du nicht in *Gereon* verliebt, sondern mit *Ina* befreundet.«
»Nein«, sagt Valeska.
Allmählich reißt mir die Hutschnur.
»Was denn jetzt?«
»Nicht so laut«, zischt Valeska wütend. »Du störst die beiden doch.«
So langsam kapiere ich.
»Du bist eine Voyeurin«, presse ich hervor. »Weil du das alles nicht selber haben kannst, guckst du dir heimlich knutschende Liebespaare an.«
Valeska schweigt. Es ist ein kaltes Schweigen. Aber auch ohne das weiß ich, dass ich eine Vollidiotin bin, die ihre Zunge nicht im Zaum halten kann und munter alles ausplappert, was ihr so unüberlegt Bösartiges in den Sinn kommt. Dabei wollte ich gar nicht gemein sein!
Ein »Entschuldigung, das wollt ich nicht« kriege ich trotzdem nicht über die Lippen, dazu sind meine Nackenmuskeln viel zu steif und mein ganzer Brustkorb zu klein und zu eng. Das Beste wird sein, ich mach mich still und leise aus dem Staub und tauche nie wieder in dieser Gegend auf.
Wie ein Stock, der einen Knick in der Mitte hat, rutsche ich auf der Bank nach vorne, doch just in dem Moment, als ich den Knick glätten und mich erheben will, fängt Valeska an zu reden:
»Du hast absolut Recht«, sagt sie. »Ich kann das nicht haben. Erstens küsst niemand freiwillig Frankensteins Braut und zweitens kann ich keinen, der das Licht braucht, dazu zwingen, die Dunkelheit mit mir zu tei-

len.« Sie macht eine kleine Pause, in der ich meinen Hintern langsam wieder zurückschiebe. Sie anzugucken schaffe ich immer noch nicht, ich glotze einfach weiter stur zu Gereon und Ina hinüber, die sich noch immer im Arm halten und leise glucksend lachen.

»Gereon ist mir sofort am ersten Abend aufgefallen«, fährt Valeska fort. »Nino und seine Freunde hatten gerade die letzten Kartons nach oben in meine neue Wohnung getragen, da sah ich ihn aus dem Küchenfenster. Er kam den Plattenweg entlang und ging genau auf das Haus da vorne an der Ecke zu.« Sie deutet auf einen dreistöckigen Altbau, der schräg gegenüber ihrem eigenen Wohnhaus liegt. »Dort blieb er stehen und starrte auf ein beleuchtetes Fenster im zweiten Stock. Das tat er fast zwei Wochen lang, jeden Abend.«

»Und dann?«

»Irgendwann ging das Licht hinter dem Fenster aus. Kurz darauf kam Ina aus der Haustür gestürmt.«

»Und dann? Hat Gereon sie angesprochen?«

Valeska lacht leise.

»Hat er nicht. Der feige Hund ist geflüchtet.«

»Und das hat Ina nicht gemerkt?«, frage ich erstaunt.

»Klar, hat sie das«, erwidert Valeska. »Sie ist stehen geblieben und hat ihm kopfschüttelnd hinterhergeschaut. Die nächsten Tage ist Gereon dann immer direkt nach Hause gegangen. Ich glaube, wenn ich nicht …«

»Du?«, unterbreche ich sie. »Du hast doch nicht etwa …?«

»Ina angequatscht«, vollendet Valeska meine Frage mit großer Bestimmtheit. »Natürlich hab ich das. Sonst wär das ja nie was geworden.«

Ich fasse es nicht!

»Du hast tatsächlich dafür gesorgt, dass diese Ina den Typen kriegt, den du liebst?«
»Nein«, sagt Valeska. »Ich habe bloß versucht, meinen Teil dazu beizutragen, dass Gereon die Frau kriegt, in die er verliebt ist.«
Wo ist da der Unterschied? Das Ergebnis ist doch dasselbe: Die Paarung ist erfolgt und Valeska guckt in die Röhre.
Ich grübele den ganzen Heimweg darüber nach, wie sie nur so etwas tun konnte, und komme immer wieder zur gleichen Schlussfolgerung: Sie hat sich selbst einfach keine Chancen ausgerechnet.
Und trotzdem: Selbst wenn Noel und Kirsty sich noch so lieben würden und ich nicht die winzigste Aussicht hätte, ihn zurückzugewinnen, würde ich ihn ihr niemals einfach so überlassen. Noch viel weniger würde ich meinen Teil dazu beitragen, dass die beiden zusammenkämen. Da könnte ich mir genauso gut gleich die Kugel geben.

Es ist zwanzig vor elf, als ich vor unserer Wohnungstür stehe. Mam wird mir den Kopf abreißen, mich vierteilen, durch den Fleischwolf drehen oder alles zusammen. Egal. Ich werde es überleben.
Doch dann sagt sie nicht einmal was. Sie steht nur blass und schmal in der Wohnzimmertür und starrt mich an, als ob Mäuse auf meinem Kopf steppten.
»Ich hab 'ne neue Frisur«, knurre ich. »Na und?«
Dann husche ich hastig weiter in mein Zimmer und schließe die Tür hinter mir zu.

Das Donnerwetter kommt erst am nächsten Morgen.
»Ich hab die ganze Nacht kein Auge zugekriegt«, wirft sie mir über ihre Kaffeetasse hinweg vor.
Ich zucke die Schultern, gieße mir Milch ein und nehme mir einen Toast, den ich anschließend mit Butter und Honig bestreiche. Mams Blick brennt mir auf der Haut, aber ich sage nichts. Was auch? Mich für ihren schlechten Schlaf entschuldigen werde ich mich jedenfalls nicht.
Dann legt sie plötzlich los.
»Wo bist du gewesen? Was war mit deinem Handy los? Wieso hast du nicht angerufen?«, prasseln die Fragen nur so auf mich ein.
»Mein Handy ist okay«, sage ich seelenruhig.
»Aber meine Anrufe hast du nicht mitgekriegt?«
»Das Handy war nicht eingeschaltet«, sage ich und beiße in meinen Toast.
»Wozu hattest du es dann überhaupt dabei?«, presst meine Mutter hervor. Sie ist kurz davor auszuflippen. – Meinetwegen soll sie.
»Der Akku war fast leer«, erwidere ich kauend. »Wenn es auf Empfang steht, verbraucht es jede Menge Strom.«
Mam holt einmal tief Luft. Sie versucht sich zu beherrschen.
»Ja, hast du denn zwischendurch nicht nachgeschaut?«
»Doch.«
»Und?«
»Was und?«
»Herrgott noch mal, Yella!«, brüllt sie los. »Kannst du dir nicht vorstellen, dass ich mir Sorgen gemacht habe?«
Doch, kann ich.

»Es ist nicht mein Problem, wenn du mir nicht mehr vertraust«, sage ich.
Mam stellt ihre Kaffeetasse geräuschvoll auf den Tisch.
»Ja, wie soll ich denn, wenn du …?«
Ich stopfe mir den Rest des Toasts in den Hals und stürze die Milch hinterher.
»Vielleicht kommen da ja gerade die Erbanteile meines Vaters durch«, sage ich und springe vom Stuhl hoch.
Meine Mutter steht ebenfalls auf.
»Yella, verdammt …«
»Ich muss los«, sage ich und renne an ihr vorbei in den Flur.
Natürlich tigert sie mir hinterher, lehnt sich mit hängendem Kopf gegen die Wand und schaut mir schweigend dabei zu, wie ich in meine Schuhe schlüpfe.
»Neue Sachen hast du dir auch gekauft«, sagt sie mit schlapper Stimme. »Steht dir gut.«
Fast flutscht mir ein ›Vielen Dank, dass du mir nicht wieder unterstellst, dass ich sie geklaut habe‹ über die Lippen. Damit es nicht passiert, presse ich sie fest aufeinander. Ich habe keine Lust auf Stunk. Mam soll mich in Ruhe lassen, bis ich meinen Rachefeldzug zu einem glücklichen Ende gebracht habe. Dann können wir meinetwegen reden.
Doch offenbar hat sie sich bereits anders entschieden.
»Ich werde dir alles über deinen Vater erzählen, was du wissen willst«, eröffnet sie mir. »Heute Abend, okay?«
Ich schultere meine Tasche und starre sie an. Plötzlich fühle ich mich überrumpelt.
»Klar«, sage ich heftig. »Jetzt auf einmal. Und warum? Weil es dir gerade in den Kram passt?«

Ich sehe, wie sie zusammenzuckt, und ich sehe auch, dass sie traurig ist, aber das ist mir in diesem Moment völlig egal.

»Nein, weil es *dir* wichtig ist und weil du ein Recht darauf hast«, sagt sie.

»Es ist mir überhaupt nicht wichtig!«, blaffe ich sie an, reiße die Tür auf und renne los.

Es ist nicht wahr, aber egal. Ich will einfach nicht. Nicht jetzt, nicht heute Abend. Keine Gefühlsduselei, kein Aneinanderlehnen, kein Mutter-Tochter-Schmuschmu, kein Freundschaftsgetue. Ich könnte losschreien, wenn ich nur daran denke.

Und um nicht daran zu denken, renne ich. Ich vergesse mein Fahrrad, ignoriere die Haltestelle. Ich renne einfach zur Schule. Die ganzen viereinhalb Kilometer. Ich brauche keine Dreiviertelstunde, nicht mal ganz vierzig Minuten, zu spät komme ich trotzdem.

Die Petruscheck, unsere Religionstante, mustert mich mit finsterem Blick. Dann macht sie ihren Eintrag ins Klassenbuch. Unentschuldigtes Fehlen in Religion kommt bei ihr einer Todsünde gleich. Die Frau hat echt einen Dachschaden. Zum Glück kann sie mir gar nichts. Ich stehe in Reli seit der Grundschule glatt zwei. Und daran wird auch mein heutiges Zuspätkommen nichts ändern können.

Ich lasse mich neben Kai auf meinen Platz sinken und checke die Lage. Unter dem großen Thema Weltreligionen sind wir inzwischen beim Hinduismus angekommen. Natürlich echauffiert die Petruscheck sich ausgiebig darüber, dass die Hindi so viele Götter haben, während wir Christen uns mit einem einzigen und dessen Sohn begnügen. Ich versuche mich an der

aufflammenden Diskussion zu beteiligen, doch die Petruscheck übersieht mich demonstrativ, und so lasse ich mich in meinen Stuhl zurückfallen und versinke in meinen Träumen.
Und die heißen Noel, Noel, Noel …
Ich spüre seine Wange an meiner, schmecke seine Küsse und rieche seine Haut. Meine Sehnsucht nach ihm bringt mich fast um.
Am liebsten würde ich gleich nach der Schule zu ihm, mich an seinen Hals schmeißen und ihn anflehen, dass er zu mir zurückkommt.
Die Wut darüber, dass er so blind ist und offenbar denkt, dass er mit Kirsty glücklicher sein könnte als mit mir, kocht in mir fast über. Ungeduldig warte ich auf den Pausengong, dann raffe ich sofort meine Sachen zusammen und stürze nach draußen.
Es ist allerhöchste Zeit, endlich einen neuen Plan zu schmieden. Immerhin sind ein paar entscheidende Dinge zusammenzubringen:

1. muss Kirsty Noel den Laufpass geben, damit ich mich eventuell dazu herablassen kann, ihn zu trösten, und
2. muss Noel vorher bereits denken, dass ich mit Justin zusammen bin. Er darf sich nicht die geringste Chance mehr bei mir ausrechnen und sollte vor Eifersucht und Verzweiflung kurz vorm Durchdrehen sein. Je näher er diesem Zustand kommt, desto geringer ist die Wahrscheinlichkeit, dass er sich in Zukunft noch einmal so kopflos von mir trennen wird.

Grundvoraussetzung für diese beiden Punkte sind folgende Bedingungen:

1. Kirsty muss vor Wut auf Noel fast wahnsinnig werden, und
2. sollten Justin und ich uns entscheidend näher kommen.

Die Gegebenheiten für das Eintreten von Punkt zwei sind eigentlich bestens. Immerhin haben Justin und ich uns bereits fürs Kino verabredet. Dort darf alles passieren, was der Sache dienlich ist – außer einem Kuss.
Kirsty zur Raserei zu bringen, scheint mir jedenfalls bedeutend schwieriger zu sein. Ich muss unbedingt herausfinden, was sie an einem Typen richtig wütend macht. Und genau das wird meine Aufgabe für diesen Tag sein.
Hochzufrieden, endlich ein wenig Struktur in meine Pläne gebracht zu haben, zupfe ich meine Geldbörse aus der Jackentasche und steuere auf den Hausmeisterkiosk zu, um die gute Arbeit meiner grauen Zellen mit einem Schokoriegel zu belohnen. Dummerweise stehen dort bereits Iris, Friederike und Colleen am Ende der Schlange.
Ich zögere kurz, komme dann allerdings ziemlich schnell zu der Auffassung, dass es wirklich zu dämlich wäre, wenn ich mich weiterhin so von diesen dusseligen Zimtzicken beeindrucken ließe. Also trete ich entschlossen hinter Colleen und tue so, als ob sie aus stinkender Furzluft bestünde: Ich verdrehe gequält die Augen, rümpfe die Nase und stoße ein angewidertes »Puh!« hervor.

Colleen dreht sich um und glotzt mich an.
»Ach Gott, was hat sie denn, die Arme?«, erkundigt Friederike sich mit gespielter Besorgnis.
»Wahrscheinlich ist ihr schlecht«, meint Iris.
»Bingo«, sage ich. »Ihr seid ja doch nicht so blöd wie …«
»… du neuerdings aussiehst?«, kontert Colleen.
»Bestimmt ist ihr deshalb schlecht«, spekuliert Iris. »Wenn ich wüsste, dass ich mit so einer Frisur rumlaufen müsste, würde ich auch das Würgen kriegen.«
»Ihr seid ja bloß neidisch«, sage ich kühl.
»Wir?« Friederike lacht los. »Wieso sollten wir auf dich und dein Outfit neidisch sein? Wir haben doch alles, was wir brauchen. Gute Freunde zum Beispiel.«
»Pah!«, schnaube ich. »Gute Freunde. Dass ich nicht lache. Sobald sich eine von euch umdreht, fallen ihr die beiden anderen doch sofort in den Rücken.«
Colleen wedelt mit der Hand vor ihrer Stirn herum.
»Du hast doch ’n Dachschaden.«
»Aber ihr, was?«, sage ich.
Mittlerweile bereue ich, dass ich mich hinter sie gestellt habe. Auf solch bescheuerte Weibergespräche darf man sich eigentlich überhaupt nicht einlassen. Schon gar nicht mit diesen Gänsen, die vom Scheitel bis zur Sohle von Neid und Boshaftigkeit zerfressen sind.
»Okay, wir lästern schon mal übereinander«, gibt Iris plötzlich zu. »Aber das ist nichts wirklich Ernsthaftes.«
»Gibt dir keine Mühe«, empfiehlt Colleen ihr abwinkend. »Das geht bei Yella nicht in die Birne. Die ist einfach zu sensibel.«
»Das musst du grad wissen«, presse ich hervor. »Was interessiert euch das überhaupt!«

Friederike kräuselt die Stirn.
»Tut es das?«, fragt sie in die Runde.
Iris zuckt die Schultern.
»Hat es jedenfalls mal«, sagt sie. »Aber das ist schon ziemlich lange her.«
»Dann lasst mich doch einfach in Ruhe!«, fahre ich sie an.
Diesmal wandern Colleens Augenbrauen nach oben.
»Sollen wir tun, was sie sagt?«
Iris und Friederike nicken.
»Klar, wieso nicht«, meint Iris. Sie blickt mich spöttisch an. »Yella hat's doch gefressen. Sie weiß, wie das Leben geht. Die braucht uns nicht.«
»Du hast es erfasst!«, zische ich.
Doch Iris beachtet mich überhaupt nicht mehr. Sie, Colleen und Friederike wenden sich von mir ab und reden nur noch miteinander.
»Früher war sie mal echt nett«, sagt Colleen. »Da wär ich gerne mit ihr befreundet gewesen.«
»Ich auch«, erwidert Iris. »Damals wäre Yella eine echte Bereicherung für unsere Clique gewesen. Sie war so witzig. Und sie konnte wahnsinnig gut Cello spielen, Mädels, wisst ihr noch?«
»Ja, aber seitdem sie sich in Noel verguckt hat, tickt sie doch nicht mehr normal«, sagt Friederike.
»Ihr habt ja überhaupt keine Ahnung!«, brülle ich. »Wer tickt hier denn nicht mehr normal?«
Es ist nicht wegen Noel, sondern wegen Nella, will ich schreien. Aber was geht das die dummen Tussen an. Außerdem ist mein Hals wie zugeschnürt. Am liebsten würde ich Colleen eine klatschen. Doch dann stopfe ich nur wütend meine Geldbörse in die Jackentasche zu-

rück und stapfe auf den Eingang zu. Die Lust auf einen Schokosnack ist mir gründlich vergangen. Lieber hocke ich mich in den Klassenraum und sitze meine Zeit ab. Kai scheint es genauso zu gehen. Auch er hockt auf seinem Platz und blättert in seinem Physikbuch herum.
»Wieso bist du nicht draußen?«, frage ich ihn.
»Äh …«, sagt er und klappt das Buch zu. »Du bist ja auch schon wieder hier.«
»Die können mich alle mal«, brumme ich.
»Mich mag auch keiner«, sagt Kai und schlägt das Buch wieder auf.
Arme Sau, denke ich.
Dann ist mir plötzlich kotzschlecht.

Chaos

In den restlichen Stunden ziehe ich den Kopf ein und düstere grübelnd vor mich hin. Über Iris', Friederikes und Colleens dumme Kommentare denke ich nicht weiter nach. Das, was Kai gesagt hat, geht mir allerdings nicht mehr aus dem Kopf.

Mich mag auch keiner.

Verdammt, Yella, sage ich mir. Das kannst du mit dir doch überhaupt nicht vergleichen. Auf die Freundschaft dieses blöden Zickentrios hätte ich ohnehin keinen Wert gelegt. Auch damals nicht, als mit Nella noch alles in Ordnung war. Zudem stimmt es ganz und gar nicht. Ich habe Freunde. Nino, zum Beispiel, und Valeska. Klar, sie sind ein Stück älter als ich. Na und? Bei ihnen kann ich mir wenigstens einigermaßen sicher sein, dass sie mir nicht wehtun würden.

Ich denke an Kirsty, schon kommt mir wieder die Galle hoch. Was ist an ihr denn schon Besonderes? Was ist an ihr besser als an mir? Dass sie neu ist? Interessanter?

»Yella?«, reißt mich plötzlich eine dunkle Stimme ins Hier und Jetzt zurück. Sie gehört Herrn Brominski, unserem Matheprof. Er steht in seiner typischen leicht gebeugten Haltung an seinem Pult und fixiert mich über den Rand seiner schmalen Brille hinweg mit zusammengekniffenen Augen. »Hast du vielleicht einen Lösungsansatz?«

»I-ich?«, stammele ich und schiele kopflos auf Kais Heft.
Zum Glück scheint der meine Hilflosigkeit sofort zu bemerken und beginnt etwas aufzuschreiben.
»Also … ja … äh …«, sage ich, während ich versuche mir die Zahlen und Zeichen, die Kai auf seinen Kollegeblock kritzelt, auf die Festplatte zu bannen.
»Das Beste ist, du kommst mal nach vorne und notierst es für alle an der Tafel«, meint der Brominski. Er angelt ein Stück Kreide aus der Ablage und kommt mit ausgestrecktem Arm auf mich zu. »In den Unterlagen deines Nachbarn wirst du die Antwort ohnehin nicht finden.«
Haben Sie eine Ahnung, denke ich und erhebe mich zögernd von meinem Stuhl. Ich nehme das Kreidestück und schleiche möglichst langsam auf die Tafel zu. Vielleicht passiert ja unterwegs etwas. Zum Beispiel eine plötzliche Eingebung oder gar eine Erleuchtung. Notfalls würde es mir auch schon genügen, wenn sich der Boden unter meinen Füßen auftäte … Doch nichts dergleichen geschieht.
Ich erreiche die Tafel völlig unversehrt und in meinen Zellen herrscht weiterhin die gleiche Finsternis wie zuvor.
»Nun?«, sagt der Brominski.
Er streicht sich über den Schnurrbart und schaut mich erwartungsvoll an.
»Ja … äh …«, wiederhole ich mich.
»Ich will ja nicht schwarz malen, aber vielleicht gestattest du mir die Frage, ob du überhaupt weißt, welche Aufgabe wir gerade bearbeiten?«, meint der Brominski und setzt eine sorgenvolle Miene auf.

Ich könnte ihn erwürgen, aber ich fürchte, dass mich das auf Dauer nicht wirklich weiterbringt. Also entscheide ich mich für Ehrlichkeit.

»Nein. Ich war mit meinen Gedanken ganz woanders.«

»Nun ja«, sagt der Brominski. »Den Eindruck hatte ich bedauerlicherweise auch.«

Er nimmt sein Notenbuch vom Tisch und blättert darin herum. Doch plötzlich hebt er den Kopf und blinzelt in die Klasse.

»Jaaa? … Kai?«

Ich linse über meine Schulter und sehe, dass Kai den Arm oben hat. Er lächelt mir kurz zu. Sein Gesicht ist ganz rot und er fängt an zu stammeln:

»Äh … vie-vielleicht kö-könnten Sie ihr die A-aufgabe noch mal sagen. Ich b-bin sicher, d-dass Yella das kann.«

Ein Raunen geht durch die Klasse. Einige kichern.

»Sooo?«, sagt der Brominski. Er mustert Kai nachdenklich. Dann schaut er mich an. »Möchtest du diese Chance, die dein ritterlicher Kamerad dir gerade verschafft hat, nutzen?«

Dein ritterlicher Kamerad? – Himmel noch mal! Wie konnte Kai mir das nur antun?

Ich hole einmal tief Luft und werfe ihm einen feurig gewürzten Blick zu.

»Das ist keine Chance«, zische ich. »Das ist mein Untergang.«

»Das sehe ich auch so«, sagt der Brominski trocken, nimmt seinen Stift und verpasst mir meine Sechs.

Den Rest der Stunde sitze ich wie ein Stock neben Kai und sehne mich dem Schlussgong entgegen. Als er endlich ertönt, stopfe ich in einem Höllentempo meine Sachen in die Tasche und sprinte zur Tür. Auf einen Spießrutenlauf durch die Klasse kann ich gut verzichten, und auf irgendwelche dämlichen Kommentare von Iris und Co. sowieso.
In wenigen Minuten bin ich an der Haltestelle. Ich spaziere bis zum Ende des Bahnsteigs, wurschtele mein Handy heraus und schalte es ein. Hektisch drücke ich auf den Tasten herum und tue so, als ob ich eine SMS schreibe, damit bloß keiner meiner Schulkameraden auf die Idee kommt, mich anzuquatschen. Plötzlich dudelt *Good Charlotte* los. Ich habe eine Nachricht erhalten. Sie ist von Kirsty! Sie hat sich die Nummer also doch gemerkt. – Unglaublich!
Gespannt blicke ich aufs Display.

hi y
können wir uns heute sehen?
ich glaube, noel liebt seine ex noch immer
lgk

Mein Herz macht einen Riesenhüpfer. Das gibt der ganzen Sache ja eine ungeahnte Wendung.

klar können wir uns sehen -- wann?

schreibe ich zurück. Und Kirsty antwortet prompt.

um halb vier im café am marktplatz?

Von mir aus. Eines muss ich aber jetzt schon wissen.

wie kommst du darauf, dass noel seine ex noch liebt?

Diesmal dauert es für meinen Geschmack viel zu lange, bis Kirsty sich zurückmeldet. Und dann kommt auch keine SMS, sondern sie ruft direkt an.
»Mein Konto ist fast leer«, erklärt sie mir. »Ich erzähle es dir später.«
Bis dahin bin ich tot, platze ich fast heraus. Zum Glück zergurgeln die Worte in meiner Kehle zu einem undeutlichen Buchstabenbrei.
»Was hast du gesagt?«
»Nix«, antworte ich. »War bloß ein unterdrückter Hustenanfall.«
»Oh. Bist du erkältet?«, fragt Kirsty mit sorgenvoller Stimme. »Was macht dein Arm?«
»Mach dir keinen Kopf«, sage ich. »Es ist alles in Ordnung.«
In allerbester Ordnung sogar!

Mam ist nicht da und in der Küche steht eine Schüssel Kräuterquark auf der Anrichte und dazu die Empfehlung:

Mach dir einfach ein paar Pellkartoffeln dazu
❤lich, Mam

Na super! Aller guten Laune zum Trotz: auf drei Stunden Kartoffelkochen habe ich nun wirklich keine Lust, auch wenn ich bis halb vier noch jede Menge Zeit habe. Ich stelle also den Quark in den Kühlschrank und schmeiße ein Fertiggericht – Nudeln mit Gulasch – in die Mikrowelle.

Lustlos packe ich mein Schulzeug auf den Küchentisch und versuche mich Nudeln mampfenderweise auf die Mathehausaufgaben zu konzentrieren. Aber außer einem fetten Klecks Gulaschsoße unter dem Datum bringe ich nichts zustande. – Egal. Nur weil ich gerade mal nicht so wahnsinnig motiviert bin, werde ich schon nicht automatisch eine Fünf auf dem Zeugnis kriegen. Es kommen auch wieder bessere Zeiten, spätestens dann, wenn mit Noel alles geregelt ist. Und dafür stehen die Wettermännchen ja gerade ganz wunderbar auf Sonne.

Aus Gerechtigkeitsgründen dem Fach Mathematik und dem Brominski gegenüber beschließe ich, heute ausnahmsweise auf die Erledigung der Hausaufgaben komplett zu verzichten und stattdessen meinen Kleiderschrank auszumüllen. Hastig stopfe ich sämtliche Unterlagen in meine Umhängetasche zurück und schlinge den Rest der Nudeln in mich hinein. Die Mikrowellenverpackung landet im Recyclingfach und meine Tasche gleich in der Ecke neben meiner Zimmertür.

Anschließend reiße ich den Schrank auf und zerre wahllos sämtliche Klamotten aus den Fächern. Rechts von mir wächst ein Riesenberg Ausschussware, links ein Häuflein mit den neuen Klamotten, einer alten Jeans, zwei alten Pullis und meiner gesamten Unterwäsche. Zum Schluss sind die Hemden und Jacken auf den Bügeln dran. Auch davon bleibt so gut wie nichts übrig. Ein neuer Mensch, der auf der Schwelle zu einem neu-

en Leben – wenn auch mit dem alten Freund – steht, braucht keine abgetragenen Klamotten mehr.
Dann ist mein Schrank plötzlich leer und mein Blick klebt auf dem Cellokoffer. Scheiße! Plötzlich lehnt er da, schwarz und schwer in der hinteren Ecke meines Kleiderschranks, und erinnert mich an alles, was mal gewesen ist. Ich spüre das Vibrieren der Saiten unter dem Bogen und das warme Timbre der Töne bis in den letzten Winkel meiner Zellen. Ich sehe, wie Nella ihr Kinn auf den Corpus ihrer Violine legt und die Augen schließt. Und dann wie Luca und sie aufeinander zufliegen und sich küssen.
Ich packe die Schranktüren und knalle sie zu. Innen ertönt ein lautes Poltern. Einen winzigen Augenblick sticht die Sorge, dem Instrument könnte etwas passiert sein, in mein Herz.
Egal! Ich werde das Teil einfach bei *ebay* versteigern.
Tief enttäuschtes Cello mit seelischen und körperlichen Blessuren sucht einen neuen Partner zum gemeinsamen Musizieren … Mindestgebot 50 Euro.
Das klingt doch gut. Da findet sich bestimmt jemand und ich kann endgültig mit der Vergangenheit abschließen.
Noel habe ich nie erzählt, dass ich mal Cello gespielt habe. Ich bin sicher, er hätte sich ohnehin nicht dafür interessiert. Er ist ein Kopfmensch, jemand, der sich jede Kleinigkeit genau überlegt. Nur die Geschichte mit mir hat er zu schnell entschieden. Und jetzt wird er von seinen Gefühlen eingeholt – umso besser eigentlich! Es passt doch alles ganz wunderbar in meinen Plan.
Mit einem Mal bin ich total euphorisch. Am liebsten würde ich schon jetzt die Welt umarmen. Vor über-

sprudelnder Energie weiß ich gar nicht, was ich den Rest der Zeit machen soll. Schließlich stürze ich mich auf das Häuflein Klamotten, die ich noch behalten will, und schlüpfe in meine alte Jeans. Dann probiere ich wie eine Geisteskranke alle Shirts und Tops aus, kombiniere und kombiniere und bin ganz hin und weg von der Erkenntnis, dass Nino wirklich ein Genie ist. Plötzlich tut es mir total Leid, dass ich mich nicht bei ihm bedankt habe, und ich beschließe es baldmöglichst nachzuholen.

Nachdem ich mich für ein Outfit entschieden habe, stürze ich ins Bad und mache mich an meinem Gesicht zu schaffen. In einer Stunde werde ich doch wohl ein einigermaßen perfektes Make-up zustande bringen.

Ich halte mich streng an Ninos Empfehlungen und stelle fest, dass es wirklich nicht schwer ist, ein bisschen Lidschatten, Wimperntusche und Gloss aufzutragen. Danach gele ich noch ein wenig in meinen Haaren herum, streiche sie mal vor, mal hinter die Ohren, bausche sie auf und binde sie zusammen.

»Du hast ein richtig gutes Gesicht, Yella«, sage ich zu meinem Spiegelbild. »Dir steht einfach alles. Noel wird sich die Augen viereckig staunen. Ich garantiere dir: Er wird sich ganz neu in dich verlieben.«

Aber jetzt ist erst mal Kirsty dran. Ich renne in die Küche, um einen Blick auf die Uhr zu werfen, und stelle fest, dass es bereits kurz vor drei ist. Wahnsinn, wie schnell die Zeit verflogen ist! Und ich habe sie ganz allein mit mir verbracht!

Als ich die rot lackierte Tür des *Cafés am Marktplatz* aufdrücke, ist es kurz vor halb vier. Ich bleibe im Eingang stehen und suche mit meinen Augen die Tische ab. Kirsty ist noch nicht da. Aber dafür entdecke ich jemand anderen, den ich kenne. Nämlich Kai.

Er hockt ganz hinten in einer Ecke an einem Zweiertisch, den er offenbar komplett mit seinem Schulkram voll gelegt hat. Er nippt an einer Cola und schaut plötzlich zu mir herüber. Im ersten Augenblick scheint er mich nicht zu erkennen, dann läuft er schlagartig rot an und senkt hastig den Kopf.

Blödmann, denke ich. Das fehlt mir noch, dass du dich wirklich in mich verknallt hast. Friederike, Iris und Colleen werden sich die Mäuler zerreißen. Aber das kann mir letztendlich auch egal sein.

Ich reiße mich von Kai los und peile einen freien Tisch in der Mitte an. Dort lasse ich mich mit Blick zur Tür auf einen der schwarzen Metallstühle fallen. Ich krame mein Handy heraus und bestelle eine heiße Schokolade.

»Hi«, sagt da plötzlich Kais Stimme hinter mir. »K-kann ich mich k-kurz zu dir setzen?«

Lieber nicht, denke ich und frage ihn, was er überhaupt will.

»Das kann ich dir nicht im Stehen sagen«, erklärt er mir mit todernster Miene.

»Okay.« Seufzend zeige ich auf einen der beiden Stühle gegenüber.

»Danke«, sagt Kai.

Er schiebt sich auf die Kante und guckt mich unschlüssig an.

»I-ich wollte dir bloß sagen, dass es alles ein Missverständnis ist«, stammelt er schließlich los.

»Was?«
»Na ja, was die in der Schule denken.« Er verhakt seine Finger ineinander und bewegt sie hektisch auf und ab. »Dass ich in dich … und so.«
»Ja«, sage ich. »Das ist blöd. Sie haben mich sowieso schon auf dem Kieker.«
Kai nickt.
»Das ist ja nur, weil …« Er stockt.
»Weil was?«
»Du dich so absonderst.«
»Tu ich das?«
»Ja. Und das ist schade.«
»Aber du sonderst dich doch auch ab«, sage ich fast vorwurfsvoll.
»Schon«, gibt Kai zu. »Aber bei mir war das schon immer so.«
Verdammte Hacke, ich habe keine Lust, mir noch einmal den gleichen Senf anzuhören, mit dem mich heute Vormittag bereits Iris, Friederike und Colleen zugetextet haben.
»Das hat ja vielleicht seine Gründe!«, fahre ich Kai so heftig an, dass er erschrocken zusammenzuckt.
»I-ich mein ja bloß«, stottert er. »Ist ja deine Sache. Ich wollte dir ja auch eigentlich nur sagen, d-dass ich nicht in dich verliebt bin.«
»Schon okay«, sage ich erleichtert.
»T-trotzdem finde i-ich es toll, d-dass du neben mir sitzt«, stammelt er sich zum Abschluss noch zusammen, dann springt er plötzlich auf und rennt zu seinem Tisch zurück.
»Der war ja süß«, sagt Kirsty hinter mir.
Ich wirbele herum.

»Wo kommst du denn so plötzlich her? Ich hab dich gar nicht reinkommen sehen.«
»Ich war schon ’ne Weile hier«, erwidert sie und lässt sich auf dem Stuhl nieder, auf dem eben noch Kai gesessen hat. »Schön warm«, sagt sie, ruckelt ein bisschen mit ihrem Hintern hin und her und grient mich an. »Find ich toll, dass du gekommen bist.«
»Kein Problem«, sage ich.
Im Gegenteil!
»Was ist denn jetzt mit Noel?«, frage ich. »Wieso denkst du, dass er immer noch in seine Ex verliebt ist?«
Kirsty schaut mich an und seufzt leise. »Wie soll ich das erklären?«, murmelt sie und fährt unschlüssig mit ihrem Zeigefinger auf der Tischplatte hin und her. »Es ist, weil er überhaupt nichts von ihr erzählt«, sagt sie schließlich.
Gar nichts?, denke ich entsetzt. Hat er mich etwa komplett aus seinem Gedächtnis gelöscht? Und aus seinem Herzen?
Zum Glück erklärt mir Kirsty, dass es genau so nicht ist.
»Verstehst du, Valeska, ich habe versucht, etwas über sie aus ihm herauszukriegen, aber er schweigt immer bloß zu diesem Thema. Ein einziges Mal hat er gesagt, dass er nicht mehr an sie denken will.«
»Nicht mehr an sie denken?«, stoße ich hervor. »Aber das ist doch Wahnsinn! Das kann doch nicht sein!«
In meinem Hals bildet sich ein Klumpen und in meiner Brust wird alles ganz starr.
»Siehst du!«, sagt Kirsty beinahe triumphierend. »Genauso sehe ich das auch.«
»W-was?«

Verdattert sehe ich sie an.
»Dass man eine Freundin, mit der man ein halbes Jahr zusammen gewesen ist, nicht einfach so aus seinem Leben streichen kann«, erläutert sie mir, während sie auf den Stuhl, der neben mir steht, wechselt und ihre Hand auf meinen Unterarm legt. »Ach, Valeska, ich wusste, dass du mich verstehst.«
Du lieber Himmel! Der Kloß in meinem Hals wird immer dicker.
Ich versuche, mich davon nicht irritieren zu lassen, und konzentriere mich auf mein Ziel, was die Sache wesentlich vereinfacht.
»Dann sag es ihm doch einfach auf den Kopf zu«, empfehle ich ihr.
Kirsty guckt mich mit feuchtglänzenden Augen an.
»Meinst du wirklich?«
»Natürlich«, sage ich mit betont fester Stimme. »Nur so kriegst du Klarheit.« Ich atme einmal tief durch, denn nun kommt das Entscheidende. Jetzt werde ich sie nämlich schon mal mental auf ihr bevorstehendes Schicksal einstimmen.
»Besser jetzt, als wenn es später irgendwann mal so nebenbei rauskommt.«
Kirsty nickt. Ihre großen blauen Augen kleben geradezu an meinem Gesicht. Plötzlich spüre ich, welche Macht ich über sie habe, und davon werde ich ganz unruhig. Aufgeregt, euphorisch und irgendwie schrecklich unwohl zugleich. Am liebsten würde ich aufspringen und aus dem Café rennen. Aber damit würde ich diese wunderbare Chance, die sich mir hier gerade völlig ungeplant bietet, vertun. Es ist allerhöchste Eisenbahn, dass ich die Angelegenheit endlich hinter mich

bringe, und so setze ich dem eben Gesagten noch eins drauf.
»Wer weiß, vielleicht trifft er sich sogar heimlich mit ihr.«
»Meinst du wirklich?«, haucht Kirsty.
Ich beiße die Zähne zusammen, zwinge mich, ihr geradewegs in die Augen zu gucken, und nicke.
»Stell dir nur mal vor, du würdest das in zwei oder drei Monaten erfahren …«
»Du hast Recht«, sagt Kirsty entschlossen. »Ich rufe ihn sofort an.«
»Das bringt doch nichts«, erwidere ich. »Wenn er bisher nichts gesagt hat, dann wird er es auch jetzt nicht tun.«
Ihre Schultern sinken nach unten.
»Was soll ich denn dann machen?«
»Schreib ihm eine SMS«, schlage ich vor.
Kirsty schüttelt den Kopf.
»Wieso sollte er darauf antworten?«
»Weil du ihn so viel besser unter Druck setzen kannst«, erkläre ich ihr. »Besser, als wenn du seine Stimme hörst oder seine Augen siehst.«
»Und du meinst, wenn er unter Druck steht, wird er reden?«, fragt Kirsty zweifelnd.
»Klar«, sage ich. »Sobald er spürt, dass er dich verliert, wenn er nicht ehrlich ist, wird er reden.«
»Bist du sicher?«
Ich zucke die Achseln.
»Einen Versuch ist es doch allemal wert.«
Kirsty starrt einen Moment schweigend vor sich hin. Dann lässt sie plötzlich meinen Arm los und fliegt mir um den Hals.

»Du bist echt ein Schatz«, sagt sie und drückt mir einen Kuss auf die Backe. »Ich bin ja so froh, dass ich dich getroffen habe.«
Wieder wird mir extrem unwohl, doch ich kämpfe dieses dämliche Gefühl erfolgreich nieder. Was nützt es Kirsty, wenn in Wahrheit Noel und ich zusammengehören? Letzten Endes ist das, was ich vorhabe, auch zu ihrem Besten. Für sie wird es viel weniger schlimm sein, ihn jetzt zu verlieren, als später, wenn sie richtig in ihn verliebt ist. Außerdem zur Erinnerung: Kirsty hat sich in mein Leben gepfuscht und mir alles kaputtgemacht. Ich hasse sie wie die Pest und muss überhaupt kein Mitleid mit ihr haben.
»Hast du Noel eigentlich schon von mir erzählt?«, frage ich.
»Natürlich. Die Geschichte mit dem Plumps in die Hecke musste ich einfach loswerden«, erwidert sie. »Du bist mir doch nicht böse deswegen?«, fügt sie ein wenig zerknirscht hinzu.
»Quatsch«, sage ich, stehe vom Stuhl auf und ziehe sie ebenfalls auf die Beine. »Und jetzt hol endlich dein Handy raus und lass uns die SMS schreiben.«
»Okay.«
Kirsty holt einmal tief Luft. Dann greift sie in ihren Umhängebeutel und holt ein grünes Motorola-Klapp-Teil heraus. Mir bleibt fast das Herz stehen, so mächtig ist der Geistesblitz, der mir plötzlich durchs Gehirn jagt.
»Kann man damit auch Fotos verschicken?«, frage ich und bemühe mich, mir meine Aufregung nicht anmerken zu lassen.
Kirsty zuckt die Achseln.

»Klar, wieso?«
»Nur so«, sage ich betont lässig, während sich der Geistesblitz auf meiner Festplatte zur allerbesten Superidee aller Zeiten formatiert.
»Ach so.« Kirsty klingt fast ein bisschen enttäuscht. »Und ich dachte schon, ich sollte ihm vielleicht noch ein richtiges Bild von mir mitschicken. So ein richtig herzzerreißendes.«
»Bist du wahnsinnig«, sage ich. »Willst du dich auch noch vor ihm erniedrigen?«
Dass ich persönlich nicht die geringsten Probleme damit hätte, verschweige ich ihr geflissentlich.
»Nein, du hast Recht. Besser nicht«, meint Kirsty und guckt mich forschend an. »Und was soll ich jetzt schreiben?«
»Hör zu«, sage ich und fange an zu diktieren. »Hallo Noel …«
»Nee, so nicht«, widerspricht Kirsty sofort. »So hab ich ihn noch nie angesprochen. Da merkt er ja gleich, dass die SMS nicht auf meinem Mist gewachsen ist.«
»Okay, okay«, sage ich, beuge mich zu ihr rüber und schaue hilflos dabei zu, wie liebster noey auf dem Display erscheint.
Allein schon wegen der Tatsache, dass sie *meinen* Noel auch noch mit *meinem* Kosenamen anspricht, hat sie es nicht anders verdient. Mein schlechtes Gewissen kann ich getrost auf Eis legen. Ich werde diese Nummer jetzt durchziehen, koste es, was es wolle.
Mit ruhiger, fester Stimme diktiere ich ihr nun meinen Text und zwei Minuten später schickt sie folgende Botschaft in den Kosmos:

sei mir bitte nicht böse, aber ich brauche eine antwort auf meine frage, sonst werde ich noch ganz kribbelig. liebst du yella noch? bitte sei ehrlich.
ich küsse dich (tust du nicht! Wenn alles gut läuft, sogar nie wieder)
kirsty

»Das dauert bestimmt eine Weile, bis er sich die Antwort zusammengebaut hat«, sage ich. »Selbst wenn er sein Handy gerade eingeschaltet hat.«
Seufzend legt Kirsty das Handy auf den Tisch. »Hast du eigentlich keinen Freund?«, fragt sie.
Ich schüttele den Kopf.
»Er hat gerade Schluss gemacht.«
»Oh.«
»Ja, scheiße … und alles nur wegen einer anderen.«
Kirsty schaut auf ihre Hände.
»Wenn er dich nicht mehr so liebt …«, sagt sie stockend. »So wie am Anfang, meine ich, dann hast du doch auch nichts davon, wenn …«
»Und wenn er verblendet ist?«, fauche ich sie an.
Kirsty zuckt zusammen.
»Ja«, sagt sie. »Das denke ich ja auch die ganze Zeit, dass Noel Yella nicht vergessen kann, obwohl wir …«
Sie stockt.
»Was?«, frage ich.
Das Herz klopft mir bis zum Hals. Fehlt nur noch, dass jetzt herauskommt, dass Noel und sie mich schon eine ganze Weile betrogen haben. Dann müsste ich sie womöglich auf der Stelle erwürgen.
»Na ja«, sagt Kirsty. »Ich hab dir ja schon erzählt, dass wir uns direkt total gut verstanden haben.«

Ja, vielen Dank, denke ich. Eigentlich wollte ich das gar nicht mehr hören. Andererseits würde ich es schon ganz gern etwas genauer wissen.
»Wie hat es denn eigentlich mit euch angefangen?«, frage ich.
Irgendwie kann ich diese Geschichte nicht oft genug hören. Ich muss verrückt sein, mir das anzutun.
»Na ja, als ich in seine Klasse kam, haben wir ziemlich schnell gemerkt, dass wir gut miteinander reden können, die gleichen Interessen haben und so«, erzählt sie bereitwillig und schaut mich dabei etwas schüchtern von der Seite an. »Aber dann hat er sich in Yella verliebt und …«
»Hat er dir das etwa alles erzählt?«, unterbreche ich sie.
»Ja. Alles.« Kirsty zuckt die Schultern. »Er hat überhaupt nicht gemerkt, dass mir das total wehgetan hat. Aber er war so süß verknallt in sie, dass ich ihm irgendwie gar nicht richtig böse sein konnte.«
O ja, Kirsty, die Gute, die Verständnisvolle, die mit dem Tausendkubikmeterherz! Wenn sie wüsste, wie viel einfacher das Leben ist, wenn man sich seinem eigenen Gewissen gegenüber ein bisschen Skrupellosigkeit erlauben kann. Und im Moment lechze ich geradezu danach zu erfahren, wie verknallt Noel in mich war – und warum ausgerechnet in mich.
»Keine Ahnung«, erwidert Kirsty. »Vielleicht, weil Yella ganz anders ist als er. Spontaner, lebenslustiger. Ich glaube, er hat es ganz einfach genossen, mit ihr nicht über irgendwelche hochtrabenden Dinge sprechen zu müssen. Bei ihr hat er seinen Kopf ausgeschaltet. Das hat mich ja so verrückt gemacht, verstehst du?«

Keinen Schimmer. Ich weiß nur, dass das halbe Jahr mit Noel der Hammer war. Wozu hätten wir uns über Quantenphysik, Globalisierung oder Treibhausgase unterhalten sollen, wenn wir eigentlich nur knutschen, knutschen, knutschen wollten? Über die Weltlage und irgendwelche anderen Befindlichkeiten kann man schließlich immer noch reden, wenn man alt und Sex nicht mehr der absolute Kick ist.
Kirsty scheint nicht zu registrieren, dass ich ihrer Argumentation nicht so ganz folgen kann, und plappert unbeirrt weiter.
»Aber dann, nach vier oder fünf Monaten kam bei ihnen das Thema *zusammen schlafen* auf und da hat bei Noel plötzlich was klick gemacht.«
»Wie meinst du das?«, frage ich und schaffe es nur mit Müh und Not meine Erschrockenheit zu verbergen.
»Ist doch ganz einfach«, erwidert Kirsty. »Wenn man ein ernsthafter Typ ist – und das ist Noel ganz zweifellos –, dann ist es eine verdammt wichtige Sache, wenn man das erste Mal zusammen schlafen will. Da muss schon alles stimmen, sonst …«
»Und das hat es nicht?«, unterbreche ich sie mit belegter Stimme.
»Wahrscheinlich nicht«, sagt Kirsty. »Also, wir haben nicht so ausführlich darüber gesprochen, aber ich denke mal, Noel hat gemerkt, dass er Yella vielleicht doch nicht so sehr liebt, wie er dachte.«
Kann gar nicht sein. Noel war total verrückt nach mir. Bis zu dem Tag, an dem diese blöde Tusse ihn zu ihrem Geburtstag eingeladen hat.
»Und wie bist du dann mit ihm zusammengekommen?«, frage ich wütend.

Kirsty guckt mich erstaunt an.
»Was ist denn los?«
»Nichts«, sage ich schnell.
»Aber du bist doch sauer«, beharrt Kirsty.
»Ach, das ist nur, weil ich gerade daran gedacht habe, dass er Yella vielleicht doch noch liebt und dieses ganze Hin und Her gar nicht hätte sein müssen.«
»Ja«, sagt Kirsty und fixiert ihr Handy mit sehnsuchtsvollem Blick.
»Aber jetzt erzähl erst mal weiter«, ermuntere ich sie.
»Ja, also …« Kirsty nimmt das Handy und dreht es zwischen ihren Fingern hin und her. »Ich hab meinen ganzen Mut zusammengenommen und ihn einfach zu meinem Geburtstag eingeladen. Das war vielleicht ein Gestammel, sag ich dir, total peinlich, aber dann hat Noel mich ganz seltsam angeguckt.«
»Wie seltsam?«
»Na ja, so anders eben. Und er hat ebenfalls gestammelt und da hab ich plötzlich gewusst, dass auf meiner Party was passieren würde. Ich war so aufgeregt, hab dauernd Sachen verschüttet, Chips verstreut. Es war schrecklich peinlich. Dann hat mich Noel einfach in die Arme genommen und geküsst.« Sie verdreht schwärmerisch die Augen zur Decke. »Es war der helle Wahnsinn. Ich glaube, in diesem Moment hätte er alles mit mir machen können, ich war wie Butter in seinen Händen.«
Ja, vielen Dank! Die Ausführungen von Friederike, Iris und Colleen kenne ich bereits. Was mich am meisten daran fuchst, ist die Tatsache, dass sie offenbar nicht einmal übertrieben haben.
Wieder einmal kocht die Wut in mir über. Ich sehe, wie

sich meine Finger zu Krallen formen und sich Kirstys langen Haaren nähern.

Er gehört mir, du alte Kuh, hast du das immer noch nicht kapiert!, höre ich mich bereits fauchen, doch da wird Kirsty von ihrem eigenen Handy gerettet.

Und wenn ein Lied meine Lippen verlässt … dudelt es los.

Kirsty erstarrt.

»Das ist er«, presst sie hervor.

»Worauf wartest du noch?«, brumme ich.

»Ja«, murmelt sie.

In Zeitlupe bewegt sich Kirstys beringte Hand auf das Teil zu. Mit zitternden Fingern drückt sie auf die Tasten. Ich sehe sie von der Seite an. Sie ist so bleich wie eine Leiche.

»Und?«, frage ich ungeduldig. »Was schreibt er?«

Ich bekomme keine Antwort. Schließlich stößt Kirsty ein »Oh«, hervor, ein »Oh« und noch ein »Oh«.

Ich reiße ihr das Handy aus der Hand.

meine süße,
ich sehe ein, dass wir reden müssen
eigentlich wollte ich yella einfach nur vergessen
wo bist du? kannst du vorbeikommen? in einer stunde?
ich liebe dich
noey

lese ich mit wachsendem Entsetzen.

Ich lese es wieder und immer wieder.

»Er liebt mich noch«, höre ich Kirsty neben mir seufzen. »Ich muss sofort zu ihm.«

Sie rafft ihren Beutel an sich und springt auf, doch ich packe sie am Arm und zerre sie auf den Stuhl zurück.

»In einer Stunde«, sage ich. »Kirsty, du hast noch jede Menge Zeit.«
Wenn sie jetzt geht, verdirbt sie mir meinen schönen Plan. Dann ist alles zu spät. Dann wird Noey, *mein Noey*, mich womöglich nie mehr in die Arme nehmen.
»A-aber …«
»Du brauchst dich nicht schön machen«, sage ich und ringe mir ein Lächeln ab. »Du siehst ganz und gar super aus. Du musst ihn nur mit diesen strahlenden Augen anschauen und er wird einfach nur noch so dahinschmelzen.«
Keine Ahnung, woher ich die Kraft nehme, ihr so etwas zu sagen!
»Und jetzt trinken wir ganz gemütlich noch einen Tee zusammen«, fahre ich fort.
Ich öffne meine Tasche und hole meine Geldbörse heraus, da fällt Kirsty mir plötzlich um den Hals und schmatzt mir das ganze Gesicht ab.
»Oh, Valeska, du bist die Beste. Die aller-allerbeste Freundin, die ich je hatte!«
Ich tätschele ihr den Rücken und murmele: »Ist ja schon gut. Schon okay« und versuche mich nicht allzu mies zu fühlen. Doch Kirsty macht es mir nicht leicht.
»Ich bin ja so froh, dass ich dich getroffen habe«, bestürmt sie mich weiter.
»Jetzt hör schon auf«, sage ich und drücke sie sachte von mir weg. Wenn sie so weitermacht, verliere ich noch völlig den Kopf – für den entscheidenden Punkt meines genialen Spontanplans.
»Du kannst wohl nicht so richtig damit umgehen, wenn man dir etwas Nettes sagt, was?«, meint Kirsty und streicht mir zärtlich über die Backe. »Na ja, macht

nichts. Jetzt hast du ja mich und ich werde dich so lange mit Komplimenten überhäufen, bis du nicht mehr allergisch drauf reagierst.«

O Gott!

»Aber jetzt muss ich erst mal aufs Klo«, verkündet sie. »Und auf dem Rückweg bringe ich uns einen schönen Tee mit.« Sie nimmt mir die Geldbörse aus der Hand und stopft sie in meine Tasche zurück. »Und den bezahle natürlich ich.«

➳ *Aktion Oberfies*

Völlig perplex starre ich Kirsty hinterher. Dann fixiere ich ihr Handy, das auf dem Tisch vor mir liegt und mich anlächelt.
Du selten dusselige Kuh, denke ich. Warum machst du es mir bloß so leicht?
Das muss ein Wink des Schicksals sein!
»Okay«, murmele ich, wische den letzten Rest eines Skrupels zur Seite, schnappe mir das Handy und lasse es hastig in den tiefsten Abgründen meiner Tasche verschwinden. »Du hast es nicht anders gewollt.«
Mit klopfendem Herzen warte ich auf Kirstys Rückkehr. Die Lust auf Tee, erst recht von ihrem Geld, ist mir gründlich vergangen. Mit aller Gewalt halte ich meine Reflexe, die allesamt auf Flucht stehen, im Zaum. Wenn ich und das Handy zusammen verschwinden, wird Kirsty sofort Verdacht schöpfen. Mit bleibt also nichts anderes übrig, als die Sache bis zum Ende durchzustehen.
Zwei quälende Minuten kämpfe ich mit mir, das Handy doch wieder auf den Tisch zurückzulegen, dann taucht Kirsty auf. Sie steuert den Tresen an und gibt ihre Bestellung auf.
»Ach, Valeska«, seufzt sie, als sie sich kurz darauf wieder auf den Stuhl neben mir fallen lässt. »Ich bin ja so aufgeregt.«

»Wird schon alles klargehen«, sage ich. »Er wartet doch auf dich.«

»Na ja, weißt du, ich hab noch mal drüber nachgedacht«, meint sie mit zitternder Stimme. »Noel hat doch geschrieben: *eigentlich* wollte ich Yella vergessen.« Ihr Blick richtet sich ängstlich auf mich. »Wenn er mir nun doch sagen will, dass er sie immer noch liebt.«

Ich sehe sie an und seufze ebenfalls.

»Dann kannst du auch nichts dran ändern«, erwidere ich. »Das ist dann eben Schicksal, mit dem du dich abfinden müsstest.«

»O Valeska!«

Kirstys Augen füllen sich mit Tränen. Ihr Blick wechselt von panisch auf verzweifelt.

Mir schnürt sich der Hals zu. Eigentlich müsste ich sie jetzt in den Arm nehmen und sie beruhigen und trösten. Aber das ist ganz und gar unmöglich, das bringe ich einfach nicht.

Glücklicherweise kommt in diesem Moment die Kellnerin auf uns zu. Kirsty wischt sich hastig die Tränen aus den Augen und zaubert ein verunglücktes Lächeln auf ihr Gesicht.

»Zweimal Tee«, sagt die Kellnerin und stellt die Gläser vor uns hin.

»Wird schon alles gut gehen«, murmele ich, während ich meinen Teebeutel auf- und abschwenke.

»Ja …«, sagt Kirsty gedankenverloren. »Wahrscheinlich hast du Recht. Ich bin immer gleich so panisch. Wahrscheinlich liegt das daran, dass ich bisher noch nie Glück mit Typen hatte.«

O nein! Bitte nicht dieses Programm. Doch Kirsty denkt nicht dran, mich zu schonen.

»Und jetzt, wo ich zum ersten Mal so richtig verliebt bin«, quält sie mich weiter, »wäre es eigentlich ein reines Wunder …« Plötzlich stockt sie und starrt auf den Tisch. »Wo ist mein Handy?«
»Keine Panik«, würge ich hervor. »Das hast du doch vorhin in deinen Beutel gesteckt.«
»Oh, danke, Valeska!« Kirsty atmet erleichtert auf. »Ich dachte nämlich schon …«

Keine Ahnung, wie ich die letzte Viertelstunde mit ihr überstanden habe, aber irgendwie muss ich es geschafft haben, denn inzwischen hocke ich in der Straßenbahn und befinde mich auf dem Heimweg.
Ich halte Kirstys Handy in den Händen und fühle mich ultra beschissen. Doch je weiter ich mich von ihr und dem *Marktcafé* entferne, desto flammender werden die Bilder in meinem Kopf. Wieder und wieder sehe ich, wie Noel und sie sich küssen und streicheln. Nein, nein, nein! Nicht ich bin die Böse, die einer anderen den Freund wegnimmt. Sie hat sich in sein Herz geschlichen. Warum sollte ich da Rücksicht auf ihre Gefühle nehmen? Ich liebe ihn mindestens genauso sehr wie sie, und deshalb ist es mein gutes Recht, ihn mir zurückzuholen.
Das sage ich mir immer und immer wieder, so als ob ich mich selbst hypnotisieren wollte.
Mit zielsicheren Schritten marschiere ich auf unsere Haustür zu.
Ich fühle mich innerlich stark und klar, als ich meine Zimmertür hinter mir verriegele und die Illustrierte

hervorkrame. Das Bild mit der Unterhosenwerbung ist rasch gefunden und der knackige Männerarsch in null Komma nix ins Handy gescannt.

hallo ronny,
ich kann es kaum erwarten, deinen wahnsinnshintern zu küssen
bis heute abend
total verrückt vor liebe
deine kirsty

tippe ich ein, hänge das Foto dran und beame es schnell – bevor der Akku leer ist oder ich es mir doch noch einmal anders überlege – Richtung Noels Nummer in den Space.

Noch einmal überflutet mich mein Gewissen, aber nun ist ohnehin nichts mehr zu ändern. Ich stopfe das Handy in meine Tasche zurück und hole mein eigenes heraus.
Kurz nachdem ich es eingeschaltet habe, meldet es zwei SMSse.
Die erste ist von Mam.

Hallo, mein Schatz,
ich habe eine schöne Flasche Wein gekauft und bringe Antipasti von Angelinos mit
bis nachher
Mam

Ach ja – heute Abend kriege ich ja nun endlich die große Story über meinen Vater aufgetischt. Zusammen mit einem leckeren Essen und etwas Alkohol – das hat Mam ja geschickt eingefädelt. Wein genehmigt sie mir freiwillig nämlich nur zu besonderen Anlässen. Ich frage mich, ob ich nun auch *besonders* gespannt sein soll. Womöglich muss sie mir gestehen, dass mein Vater ein ganz exquisites Exemplar von einem Arschloch ist. Oder sie weiß jetzt schon, dass sie von ihren Gefühlen überwältigt und mir schluchzend in die Arme sinken wird – zwei Varianten, auf die ich eigentlich bestens verzichten kann. Blöderweise bin ich ja selber schuld. Wenn ich meine Mutter in den letzten Tagen mit diesem Thema nicht so sehr genervt hätte, wäre mir dieser Abend erspart geblieben. Nun muss ich eben da durch.
Seufzend hole ich die zweite Botschaft aufs Display. Sie ist von Justin!

Hi Yella,
bleibt es bei Freitagabend? Sag mir bitte kurz Bescheid. Danke!
Jus

Jus! – Ha! Diese Spitzform hat er mir letztens doch glatt verschwiegen. Und wie höflich er ist! *Bleibt es bei Freitagabend? Sag mir bitte kurz Bescheid. Danke!* Himmel noch eins! So ein Typ hat mir gerade noch gefehlt. Da ist mir Noels Coolness doch hunderttausendmal lieber! Aber okay, was soll's, schließlich will ich nichts von Justin alias Jus. Wenn alles so läuft, wie ich mir das vorstelle, wird unser erster gemeinsamer Abend gleichzeitig auch unser letzter sein.

hi jusTIN,
simse ich also zurück,
klar bleibt es bei freitagabend
ich freu mich
yella

Mein Herz klopft einen Tick zu doll, als ich das Handy wieder ausschalte. Unter meinem Brustbein brennt eine seltsame Wut, die ich nicht einordnen kann. Hastig lasse ich meine Gedanken zu Kirsty und Noel hinüberswitchen. Ich sinke aufs Bett und schließe die Augen. Die Bilder, die auf meiner inneren Kinoleinwand ablaufen, sind verheißungsvoll.
Gerade noch hätten die beiden sich nach einer intensiven Aussprache beinahe geküsst, da piept Noels Handy los.
Er drückt Kirsty einen flüchtigen Kuss auf die Backe, checkt die SMS und erstarrt.
Ein furchtbarer Streit bricht los und Noel schmeißt Kirsty auf Nimmerwiedersehen aus dem Haus.
An dieser Stelle könnte der kurze Film meinetwegen zu Ende sein. Doch leider läuft er weiter. Ich sehe Kirsty, wie sie tränenüberströmt den Bürgersteig entlangrennt, schließlich an einem Laternenpfahl stoppt und ihren Beutel nach ihrem Handy durchsucht … Scheiße!

Mam sieht fix und alle aus, als sie gegen halb sieben mit den angekündigten Fressalien in der Wohnungstür steht.
»Wo bist du denn den ganzen Nachmittag gewesen?«,

frage ich sie, während ich sie um die in Alufolie eingewickelte Antipastiplatte erleichtere.

»Ich habe versucht herauszufinden, wo er wohnt«, sagt sie, streift ihre quietschblauen Slipper ab und spaziert mit der Weinflasche in der Hand in Richtung Wohnzimmer.

»Wer?«

»Dein Vater.«

»Schon gut«, sage ich. »Vergiss ihn doch einfach.«

»Das tue ich ganz sicher nicht«, erwidert sie energisch. »Jetzt erst recht nicht.«

Logisch, dass sie das in den falschen Eingang gekriegt hat! Auf eine Vertiefung unseres Streites habe ich allerdings keine große Lust.

»Mam, so hab ich das nicht gemeint!«, brülle ich aus der Küche. Ich lasse die Platte auf den Tisch gleiten und pule die Alufolie herunter. »Du musst selber wissen, ob du ihn vergisst oder nicht, aber mir ist er wirklich furchtbar egal!«

Ein paar Sekunden herrscht Stille, dann sagt sie plötzlich hinter mir:

»Yella, das ist nicht wahr.«

»Doch«, sage ich und knülle die Alufolie zu einem festen kleinen Ball zusammen. »Ich musste fünfzehn Jahre ohne ihn auskommen und jetzt kann er mich mal.«

»Yella, er weiß nicht, dass es dich gibt.«

»Ja, ja«, brumme ich. Diese Variante kenne ich nun schon zur Genüge. Sie macht mich einfach nur wütend. »Dann hast du ihn offenbar schlecht behandelt.«

»Yella …!«

»Warum hätte er denn sonst wohl abhauen sollen? Oder hat er sich etwa in eine andere verliebt?«

Ich höre, wie sie tief und geräuschvoll einatmet.

»Nein, das hat er nicht. Jedenfalls nicht, soweit ich weiß«, erwidert sie. Plötzlich steht sie neben mir und greift nach der Antipastiplatte. »Können wir bitte in Ruhe im Wohnzimmer weiter drüber reden?«

»Ich habe keinen Hunger«, sage ich.

»Aber ich«, sagt Mam. Sie stupst ihre Schulter gegen meine. »Und jetzt komm.«

Ich will nicht, aber was soll ich tun? Flüchten? Mir die Ohren voll Watte stopfen? Kurzfristig würde etwas in der Art vielleicht helfen, aber als dauerhafte Maßnahme kann ich beides getrost vergessen. Wenn meine Mutter sich erst einmal was in den Kopf gesetzt hat, wird sie es auch durchführen, und wenn sie sich in diesem Fall mit einem Megaphon vor meine geschlossene Zimmertür stellt, um mir das große Geheimnis um meinen Vater zu offenbaren.

Keine Ahnung, warum ich plötzlich so überhaupt keinen Bock mehr habe, mich mit ihm auseinander zu seten.

Ich beiße die Zähne zusammen und dackele wie ein belämmerter Pudel hinter ihr her. Mam nimmt zwei Gläser aus dem Schrank und wühlt in der Schublade nach dem Korkenzieher. Derweil lasse ich mich ins Sofa plumpsen und ziehe mir die Decke über die angezogenen Knie.

»Ich hatte keine Chance mehr, ihm von dir zu erzählen«, sagt Mam, entkorkt die Flasche und schenkt die Gläser halb voll. »Ich hab wohl einfach zu lange damit gewartet.«

Aha! Jetzt kommt die Nummer mit der Angst verlassen zu werden, wenn er erfährt, dass man schwanger ist.

Ich fische mein Glas vom Tisch und nippe gelangweilt daran.

»Lieng Hermann war eine Art Künstler …«

Lieng Hermann?

»Was ist das denn für ein Name?«, frage ich erstaunt.

»Asiatisch«, sagt Mam und setzt sich in den Sessel neben mir. »Lieng ist sein Nachname. Sein Vater ist Koreaner.«

Einen winzigen Augenblick bleibt mir die Luft weg. Und dann ist sie plötzlich wieder da – die Neugier. Ich beuge mich nach vorne und schaue meiner Mutter gespannt in die Augen.

»Koreaner? Und seine Mutter? Ist die von hier?«

Mam zuckt die Schultern. Sie trinkt ebenfalls einen Schluck Wein und stellt ihr Glas auf den Tisch zurück.

»Ich nehme es an.«

»Du weißt es nicht?«

»Er hat nie drüber geredet«, erwidert sie. »Und ich habe ihn nie gefragt. Es war wie eine unausgesprochene Vereinbarung.«

»Hast du ihm deshalb nichts davon gesagt, dass du schwanger bist?«, frage ich atemlos.

Wieder zuckt Mam die Schultern.

»Kann schon sein. So genau kann ich das nicht erklären. Es war eher eine Art unbestimmtes Gefühl.«

»So ähnlich wie eure unausgesprochene Vereinbarung, oder was?«, entgegne ich abfällig. »Aber geliebt habt ihr euch schon, he?«

Meine Mutter seufzt. Dann lächelt sie.

»Ich weiß, dass es schwer zu verstehen ist«, sagt sie. »Ich hab es ja selber nicht richtig kapiert. Es war alles so … so … so …«

»Bodenlos?«, helfe ich ihr auf die Sprünge.

Sie nickt. »Ja …« Dann schüttelt sie den Kopf. »Nein, so nun auch wieder nicht, aber …«

»Was?«

Ihr Blick wandert suchend hin und her. – Als ob die Antwort auf meine Frage zwischen Blumentöpfen, Bildern oder Regalböden zu finden ist!

»Eher ungreifbar«, sagt sie schließlich.

»Ihr habt nicht an die Zukunft gedacht, meinst du das?«, hake ich nach.

»Genau«, sagt Mam. »So lässt es sich wohl am besten beschreiben.« Sie senkt den Kopf und schaut auf ihre Hände. »Normalerweise hätte ich mich auf so eine Beziehung nie eingelassen, aber Hermann hatte eine fast magische Wirkung auf mich. Ich musste einfach mit ihm zusammen sein.«

So, wie ich mit Noel zusammen sein muss.

»Was hat er denn eigentlich gemacht?«, frage ich. »Ich meine, was war sein Beruf?«

Meine Mutter hebt den Kopf und schaut mich an.

»Er hatte keinen«, sagt sie und zuckt zum dritten Mal die Schultern. »Jedenfalls hat er sich nie etwas von anderen beibringen lassen.«

Na logisch. Wie konnte ich nur so eine dusselige Frage stellen! Jemand, der sich nicht greifen lässt, der sich nicht festlegen will, der hat natürlich keinen Beruf.

»Heißt das, du hast ihm alles bezahlt?«

»Nein«, sagt Mam. »Er hätte sich nie auf einen anderen verlassen. Wenn er Geld brauchte, hat er gejobbt. Dann lebte er in der Realität, im Jetzt, in der Welt, in der alle leben. Und dann war er verbissen und manch-

mal sogar rücksichtslos. Bewerber um einen Job, den er unbedingt wollte, hat er immer ausgestochen«, erklärt sie mir mit einem kleinen hilflosen Lachen. »Frag mich nicht, wie, aber er hat immer bekommen, was er wollte. Und wenn er sein Geld zusammenhatte, war er wie ausgewechselt. Charmant und hilfsbereit. Er hat die verrücktesten Dinge getan. Einmal hat er sich einen wildfremden Rollstuhlfahrer geschnappt und ist mit ihm für ein paar Tage ans Meer gefahren. Manchmal hat er sich total in sich zurückgezogen und mit niemandem gesprochen. Nicht mal mit mir. Es war so, als ob es mich gar nicht gäbe.« Wieder lacht sie dieses komische Lachen. »Er war eben auch ein Lebenskünstler. Wir hatten eine schöne Zeit miteinander, und ich bin sicher, dass ich ihm auch irgendwie wichtig gewesen bin, aber wirklich geliebt hat er nur …«
Sie stockt und ihr Gesicht ist plötzlich ganz weich und dunkel.
»Was?«, frage ich rau.
»Sein Fagott.«
»Sein Fagott?«
»Ja«, sagt Mam, »dein Vater konnte wunderbar spielen. Er tat es aus sich heraus. Ohne Noten, ohne Unterricht. Es war einfach in ihm.« Ihre Miene wird immer weicher und dunkler. »Du hast dieses Talent von ihm geerbt«, sagt sie leise. »Und nicht nur das …«
Nicht nur das? – Schluck!
»Was denn noch?«, frage ich mit krächzender Stimme.
Meine Mutter guckt mich mit ernsten Augen schweigend an. Für einen kurzen Moment verschwindet alle Weichheit aus ihrem Blick.
»Du wirst es nicht gerne hören«, meint sie schließlich.

»Aber Hermann konnte nicht besonders gut verzeihen.«

Ich stürze blindlings in mein Zimmer, schmeiße mich aufs Bett und hämmere mit den Fäusten auf mein Kissen ein.

»Ich hasse dich!«, stoße ich hervor. »Ich hasse, hasse, hasse dich!«

Dann fange ich an zu heulen.

Das war jetzt also Mams Retourkutsche. – Logisch! Jahrelang schweigt sie sich aus und ausgerechnet jetzt, wo ich mich ihr gegenüber genauso verhalte wie sie sich zu mir, fängt sie an zu reden und knallt mir diese Gemeinheiten um die Ohren.

Wenn sie allerdings glaubt, dass ich mir diese supertollen Infos über meinen Vater zu Herzen nehme und Nella nun ein großzügiges Versöhnungsangebot mache, hat sie sich gewaltig geschnitten.

Ich werde Nella nie verzeihen.

Und Kirsty auch nicht.

Am nächsten Morgen schleiche ich mich in aller Herrgottsfrühe aus der Wohnung. Der Geruch der Antipasti, die immer noch unangerührt auf dem Wohnzimmertisch stehen, erzeugt einen Würgereiz in meiner Kehle.

Ich haste zur Haltestelle und fahre zum Bahnhof. Es ist sieben Uhr dreiundzwanzig. Meine erste Unterrichts-

stunde beginnt um kurz vor neun. Ich habe also wieder mal massig Zeit.
»Du wolltest dich bei Nino bedanken«, murmele ich und marschiere, dankbar für diesen Einfall, auf den Accessoires-Laden zu.
Natürlich ist er geschlossen und von Nino nichts zu entdecken. Mist, denke ich und zermartere mir den Kopf, wie ich mich auf andere Weise von den Gedanken an Hermann Lieng – oder umgekehrt – ablenken kann.
Vielleicht sollte ich Justin eine SMS schicken, überlege ich. Einfach um ihn bei der Stange zu halten. Kurz entschlossen peile ich den nächsten Bahnsteig an, lasse mich auf eine Bank fallen, hole mein Handy aus der Tasche und schalte es ein.

hi justin
ich konnte nicht besonders gut schlafen
jetzt sitze ich am bahnhof und denke ans kino
in welchen film gehen wir überhaupt?
ich komme gegen halb acht zu dir, dann können wir zusammen fahren,
ich bin etwas knapp, vielleicht kommst du schon raus?
ciao
yella

Kurz nachdem ich die SMS abgeschickt habe, plingen sich zwei Nachrichten ein.

Hallo Yella
Irgendwie habe ich letzte Nacht kein Auge zugekriegt.

Keine Ahnung, wieso.
Ich freue mich auf morgen Abend. Ehrlich.
Bis dann, ich warte vor dem Haus auf dich.
Jus

lese ich mit klopfendem Herzen.
Als ich die zweite SMS öffne und sehe, dass sie von Kirsty ist, würde ich am liebsten löschen ohne sie zu lesen. Aber das bringt nichts. Schließlich muss ich wissen, was sie mir zu sagen hat.

valeska, bitte ruf mich an 345673
bitte!
mein handy ist futsch, simse von dem meines vaters
und noel denkt, ich würde ihn betrügen
ich verstehe das alles nicht, du musst mir helfen!
kirsty

Ich starre auf die Buchstaben und spüre Kirstys Verzweiflung aus jedem einzelnen Wort.
»Es tut mir Leid«, presse ich an meiner Kehle, die wie ein dicker fetter Klumpen in meinem Hals steckt, vorbei. »Ich weiß genau, wie du dich fühlst, aber ich kann dir nicht helfen.«
Ich lösche die Mail und sinke auf die Bank zurück.
Good-bye, Kirsty. Das war's.
Die Valeska, die du kennen gelernt hast, die hat es nämlich nie gegeben.

Beinahe-Kinobesuch mit Folgen

Bis zu meinem Date am Freitagabend mit Justin passieren drei Dinge:

1. stopfe ich mein Handy in den hintersten dunklen Winkel meiner untersten, so gut wie nie genutzten Schreibtischschublade,
2. stecke ich Kirstys Handy bei der Polizeidienststelle in der Nähe des Marktcafés in den Postsschlitz – natürlich nicht ohne vorher sämtliche Fingerabdrücke zu entfernen! Und
3. bekomme ich einen Anruf von Valeska.

»Hi«, sagt sie fröhlich. »Alles in Ordnung bei dir?«
»Klar«, sage ich. »Wieso?«
»Ich dachte, du meldest dich mal«, erwidert sie. »Wenigstens bei Nino.«
»Ja«, sage ich, »wollt ich ja, aber ich hatte so viel zu lernen.«
»Hm. Vergiss es bloß nicht. Nino macht sich schon Gedanken«, erzählt Valeska. »Ich habe ihm zwar gesagt, dass du genau der Typ Mensch bist, der gerne nimmt und dann verschwindet«, fügt sie mit einem Lachen hinzu. »Aber das wollte Nino natürlich nicht glauben. Er ist felsenfest davon überzeugt, dass du nicht in diese Kategorie gehörst.«

Nehmen und verschwinden? Ha! Das ist doch noch allemal besser als: Nehmen, verheimlichen und so tun, als ob nichts wär.

Nella ist die dumme Kuh, nicht ich. Ich nehme mir nur, was ich mir gar nicht erst hätte wegnehmen lassen sollen.

»Ich war gestern am Bahnhof, aber er hatte keinen Dienst«, sage ich, was ja nicht mal eine Lüge ist.

»Schon gut«, sagt Valeska, »ich wollte nur sichergehen, dass du ihn nicht vergisst.«

»Rufst du deshalb an?«

»Nein«, erwidert sie. »In der Hauptsache wollte ich hören, wie es dir geht.«

»Gut«, sage ich noch einmal. »Bei mir ist wirklich alles okay.«

Valeska seufzt.

»Und bei dir?«, frage ich schnell.

»Eigentlich auch«, erwidert sie zögernd.

»Irgendwas mit Gereon und Ina?«, frage ich in der Hoffnung, dass sie nicht selbst irgendwelche Probleme hat, von denen sie mir erzählen will.

»Nein, nein«, sagt Valeska. »Hast du nicht Lust vorbeizukommen? Ich würde dir gerne was zeigen.«

»Was denn?«

Wieder zögert sie, doch dann sprudelt es nur so aus ihr heraus:

»Du wirst es nicht glauben, aber ich habe so etwas wie einen Liebesbrief bekommen!«

»Echt?«

»Ja … allerdings …«

»Du denkst, es will dich jemand verar… äh … auf den Arm nehmen?«, sage ich.

»Ver*arschen*, genau. Könnte doch sein.«
Ja, könnte. Ich will aber nicht, dass das jemand tut. Nicht mit Valeska.
»Ich habe heute eine Verabredung fürs Kino«, sage ich. »Aber morgen Vormittag könnte ich …«
»Okay, morgen Vormittag«, erwidert Valeska. »Ich freu mich.«
»Ja.«
»Es ist übrigens noch was passiert«, sagt sie. »Was total Komisches.«
»Ja …?«
»Aber das erzähle ich dir morgen«, sagt Valeska.

Eine Weile zergrübele ich mir noch die grauen Zellen darüber, was einem Mondscheinkind wohl Seltsames passieren könnte, dann konzentriere ich mich auf den bevorstehenden Abend mit Justin. Nachdem ich meine neuen Klamotten wieder einmal kreuz und quer durchprobiert habe, entscheide ich mich für den kurzen Rock und zwei Tops mit relativ tiefen Ausschnitten, die ich in mittlerweile gewohnter Manier übereinander ziehe.
Anschließend trage ich noch ein wenig Lidschatten und braune Wimperntusche auf und glosse meine Lippen mit einem orangeroten Stift. Während ich mir etwas Gel in die Haare knete, mustere ich mein Gesicht. Die hellen Augen, die eher schmale Nase, den ganz normalen Mund.
»Hermann Lieng, du kannst überhaupt nicht mein Vater sein«, murmele ich. »Ich habe nicht das winzigste bisschen Asien im Gesicht.«

Ich weiß, dass das nicht stimmen kann. Mam hätte es mir gesagt, wenn zwei Typen zur Auswahl gestanden hätten. Trotzdem beruhigt es mich, dass ich keine äußere Ähnlichkeit mit ihm entdecke.

»Wo gehst du überhaupt hin?«, fragt Mam, als ich in meine Jeansjacke schlüpfe. »Wieder eine Party bei einer Schulkameradin?«

»Nein«, sage ich. »Ich gehe ins Kino.«

Ihr Blick fällt auf meine Beine.

»Allein?«

»Nein«, sage ich. »Mit Noel natürlich.«

Sie stößt einen Schwall Luft aus.

»Yella … du brauchst mir nichts vorzumachen, ich …«

»Du solltest dich nicht um das blöde Geschwätz dieser dummen Gänse kümmern«, falle ich ihr ins Wort. »Die sind bloß neidisch. Das ist alles.«

Mams Augenbrauen biegen sich nach oben. Bevor sie allerdings etwas sagen kann, bin ich bereits aus der Tür.

»Hast du dein Handy dabei?«, höre ich sie noch rufen, dann schnappt das Schloss ein.

»Nein, Mam«, murmele ich.

Mit dem Teil will ich im Moment absolut nichts zu tun haben.

Um Viertel nach sieben bin ich in der Telefonzelle an der Haltestelle Ludwigstraße. Ich schiebe die am Bahnhof erstandene Karte in den Schlitz und wähle Noels Nummer.

Bitte, sei zu Hause, bete ich. Bitte, bitte.

Erst in dieser Sekunde wird mir klar, dass der nun folgende Teil meines Gesamtplans auf alles andere als festen Boden gebaut ist.
Mit jedem Tuten klopft mein Herz schneller.
Bitte, bitte, bitte!
Endlich klackt es in der Leitung, mein Herz macht einen Aussetzer. Dann meldet sich Noeys Mutter und ich atme erleichtert auf. Besser hätte es gar nicht kommen können. Es sei denn …
»Ja, hier ist Kirsty«, sage ich mit angehobener Stimme. »Ist Noel da?«
»Oh, hallo«, erwidert Frau Diefenbach. »Einen Moment, ich hole ihn ans Telefon …«
»Nein, nein!«, rufe ich hastig. »Sagen Sie ihm einfach, dass ich in zehn Minuten bei ihm bin, oder …«
»Oder was?«
Tja, wenn ich das nur so genau wüsste …
»Ich möchte ihm etwas erklären«, sage ich schließlich. »Bitte, sagen Sie ihm das.«
»Gut«, meint Frau Diefenbach »Bis gleich, Kirsty.«
Ich hänge den Hörer ein, drücke die Glastür auf und schwebe leichtfüßig auf den Bürgersteig hinaus. Das Glück scheint voll auf meiner Seite zu sein und das Schicksal meinen Plan zu unterstützen.
Trotzdem frage ich mich natürlich, was Noel jetzt tun wird. Immerhin hat Kirsty ihn tief enttäuscht. Wahrscheinlich wird er sich in seinem Zimmer verbarrikadieren und sie gar nicht reinlassen. Egal!
Hauptsache, er wirft einen Blick auf die Straße hinunter.
Ich schaue auf meine Armbanduhr. Die Zeit vergeht im Zeitlupentempo. Entsprechend langsam schlendere ich

die Ludwigstraße hinunter. Jetzt darf nur Justin nicht zu früh sein …

Doch es läuft alles wie im schönsten Traum.

Um kurz vor halb acht stehe ich vor Noels Haus. Ich suche ein Steinchen aus dem Beet und ziele auf sein Fenster im oberen Stock.

Ich treffe und renne hastig ein paar Schritte zurück. Dann mache ich eine Kehrtwendung, richte ich mich auf, atme tief durch und gehe so locker wie möglich noch einmal an seinem Haus vorbei.

Aus den Augenwinkeln registriere ich den Schatten hinter der Fensterscheibe. Ich weiß sofort, dass Noel zu mir heruntersieht. Die Frage ist allerdings, ob er mich überhaupt erkennt.

Wenn ich zur Abwechslung mal Pech habe, sieht er womöglich sofort Valeska in mir. Valeska so, wie Kirsty sie ihm beschrieben hat. Aber nein, beruhige ich mich. Das ist abwegig. Was sollte diese erfundene Valeska ausgerechnet hier in dieser Gegend tun?

Genauso wenig wird Noel auf die Idee kommen, dass ich und Valeska ein und dieselbe und damit schuld an dem Dilemma zwischen ihm und Kirsty sind. Dafür ist die ganze Geschichte viel zu abgefahren.

Und gemein, sagt eine bohrende Stimme in mir, die ich allerdings sofort energisch beiseite schiebe. Wenn ich mich jetzt selbst durcheinander bringe, dann ist alles zu spät, dann kann ich meinen ganzen schönen Plan vergessen.

Um sicherzugehen, dass Noel auch wirklich die in mir erkennt, die ich bin, drehe ich mein Gesicht einmal kurz seinem Fenster zu und stelle zu meinem Entsetzen fest, dass dort überhaupt nichts ist. Kein Schatten und

schon gar kein Noel. – Scheiße! Was mach ich jetzt bloß?, frage ich die hellsten meiner grauen Zellen, während ich langsam weitergehe.
Viel Zeit zum Überlegen bleibt mir aber leider nicht, denn plötzlich öffnet sich die Tür des Hauses Nummer 69 und Justin erscheint. Als er mich entdeckt, winkt er kurz und kommt lächelnd auf mich zu gelaufen.
»Hey, du bist ja superpünktlich«, freut er sich, nimmt meine Hand und küsst mich flüchtig auf beide Wangen.
»Klar, immerhin müssen wir in einer halben Stunde in der Innenstadt sein«, sage ich und trete schnell einen Schritt zurück, damit er nicht auf dumme Gedanken kommt und mir womöglich noch den Arm um die Schultern legt.
Denn Körperkontakt mit Justin werde ich natürlich nur dann zulassen, wenn Noel in der Nähe ist und es um die Erfüllung von *Plan B = Eifersucht* geht. Davon bin ich nach der gefloppten Steinchen-gegen-Fensterscheibe-Werfaktion allerdings meilenweit entfernt.
»Ich dachte, wir schauen uns den Neuen mit Bruce Willis an«, schlägt Justin vor, der meinen Wink mit dem Zaunpfahl offensichtlich verstanden hat und nun gebührend Abstand hält. »Der soll ziemlich spannend sein. Wenn du allerdings lieber in eine Liebeskomödie willst, ist das auch kein Problem.«
Nee, lieber nicht.
»Spannung und Action sind genau das Richtige«, sage ich also, »und Bruce Willis ohnehin ein cooler Typ.«
Justin grinst zustimmend.
»Finde ich auch.«
Wir nicken einander zu und es entsteht eine unangenehme Sekunde des unschlüssigen Schweigens, in der

Justin mich anschaut und ich den Träger meiner Umhängetasche ein Stück in Richtung Hals ziehe.

»Also«, krächze ich, »gehen wir?«

»Klar.«

Justin lächelt. Ich sehe die kleine goldene Sonne in seinen hellbraunen Augen und gucke schnell zur Seite. Langsam laufen wir los. Als wir an Noels Haus vorbeigehen, fängt mein Herz wieder wie verrückt an zu trommeln.

Vielleicht steht er ja doch dort oben am Fenster und beobachtet mich. Na logisch! Plötzlich fällt es mir wie Schuppen von den Augen: Der Schatten dort oben war keine Einbildung. Noel hat mich gesehen und sofort erkannt. Er ist sofort zurückgewichen und beobachtet mich seither heimlich. Genauso hätte ich es jedenfalls an seiner Stelle gemacht!

Okay, Yella, sage ich mir, dann musst du jetzt wohl oder übel in den sauren Apfel beißen und Justin doch ein bisschen näher auf die Pelle rücken.

»Gehst du eigentlich oft ins Kino?«, frage ich und nähere mich ihm dabei so weit, dass sich unsere Arme berühren.

Justin schüttelt den Kopf.

»Nee, alleine macht es nicht so wahnsinnig viel Spaß.«

»Hast du keine Freunde?«, frage ich.

»Doch, schon«, erwidert er. »Das Dumme ist nur, dass meine beiden besten Kumpels gerade frisch verliebt sind und nicht so wahnsinnig viel Zeit für mich übrig haben.« Er schaut mich von der Seite an. »Und wie ist es mit dir? Hast du auch gerade eine verliebte beste Freundin?«

»Ich habe überhaupt keine beste Freundin«, sage ich.

»Echt nicht?« Justin bleibt stehen und schüttelt erstaunt den Kopf. »Das finde ich aber ziemlich ungewöhnlich«, erwidert er. »Alle Mädchen haben eine beste Freundin.«

»Quatsch«, brumme ich. »Das denkt ihr Typen bloß. Eigentlich gibt es nichts Schlimmeres.«

»Als was? Mädchenfreundschaften?«

»Genau«, sage ich und gehe langsam weiter. »Ich komm jedenfalls besser mit Typen klar. Die sind ehrlicher. Auf die meisten Mädchen kann man sich eh nicht verlassen.«

Justin schweigt.

»Klingt nach Enttäuschung«, meint er schließlich.

»Schon möglich«, sage ich.

Inzwischen sind wir fast an Noels Haus vorbei. Ich hake mich bei Justin unter, linse zu Noels Fenster hinauf und hoffe, dass ihm vor Eifersucht das Herz auseinander reißt.

Plötzlich wird die Haustür aufgerissen. Noel steht auf der Schwelle und starrt zu uns herüber.

»Yella?«, ruft er. »Bist du das, Yella?«

Justin und ich bleiben stehen.

»Was dagegen?«, sage ich.

Noel schüttelt den Kopf. Er ist blass und er sieht traurig aus. Vielleicht wegen Kirsty, vielleicht meinetwegen. Vielleicht auch wegen allem.

Ich komme nachher wieder, um dich zu trösten, denke ich. Dabei würde ich am liebsten jetzt schon zu ihm hinüberlaufen und ihn in die Arme nehmen. Doch stattdessen drücke ich mich noch ein wenig enger an Justin, was der mit einem verlegenen Grinsen quittiert. Dann ziehe ich ihn weiter.

»Ciao, Noel!«, rufe ich.
Bis später. Ich gehe nur eben ins Kino und schaue mir den neuen Film mit Bruce Willis an. Du bleibst am besten schön zu Hause und malst dir aus, wie leidenschaftlich Justin und ich herumknutschen. Nachher werde ich bei dir klingeln und dann können wir uns endlich richtig aussprechen …

Natürlich will Justin wissen, woher ich Noel kenne. Ich sage ihm, dass er mal auf meiner Schule in der Parallelklasse gewesen ist, und mich deshalb auch nicht gleich erkannt hätte.
»Der war bestimmt mal in dich verliebt«, meint Justin und zwinkert mir zu. »Was ich übrigens total verstehen kann.«
O Gott, jetzt wird es ernst, denke ich erschrocken und verlegen zugleich.
Um ihn wieder auf Abstand zu bringen, ziehe ich meine Hand aus seiner Armbeuge und werfe einen Blick auf meine Uhr.
»Mensch, wir müssen uns beeilen!«, rufe ich und renne einfach los. »Die nächste Bahn in die Innenstadt kommt in drei Minuten.«
Tatsächlich erreichen wir so gerade eben in allerletzter Sekunde die hintere Tür des Anhängers. Justin erklimmt die Stufen, umfasst mein Handgelenk und zieht mich hinauf.
»Ich würde dich am liebsten gar nicht mehr loslassen«, murmelt er, während die Tür sich hinter uns schließt und die Bahn losruckelt.

»Justin …«, sage ich. Das Blut in meinem Hals pulsiert.
»Es geht dir zu schnell, stimmt's?«, sagt er und lächelt. Die Sonne in seinen Augen blitzt auf. Noch immer hält er mein Handgelenk fest. »Ich hätte ja auch nie gedacht, dass …« Er stockt und schaut mich schweigend an. Seine braunen Augen sind warm und sanft und total verliebt.
Plötzlich ist mir kotzschlecht. Ruckartig wende ich meinen Blick nach unten auf den schwarzen abgelatschten Gummiboden der Straßenbahn.
»Justin, ich …«
Er lässt meine Hand los.
»Schon gut, Yella«, sagt er rau. »Lass uns ins Kino gehen und weiter nichts.«
Doch auch dazu habe ich jetzt keine Lust mehr. Das Ganze ist absoluter Schwachsinn. Justin wird sich ja trotzdem Hoffnungen machen. Wozu aber soll ich ihn noch weiter in die Sache reinziehen? Noel hat uns zusammen gesehen, das muss reichen.
»Justin, ich …«, stammele ich noch einmal.
Die Straßenbahn bremst ab und hält. Die Tür hinter mir öffnet sich. Ohne zu überlegen stolpere ich die zwei Gitterstufen auf den Bürgersteig hinunter. Erst nachdem ich ein paar Schritte gelaufen bin, drehe ich mich um. Justin ist mir nicht gefolgt. Er steht am Fenster und schaut mir nach.
Ich spüre einen seltsamen Stich unter dem Brustbein und fühle mich auf einmal richtig deprimiert.
Mannomann, Yella, rufe ich mich zur Ordnung. Jetzt werde mal bloß nicht sentimental oder so 'n Scheiß. Justin ist ein netter Typ, okay. Das ist aber auch schon

alles und sowieso überhaupt kein Vergleich zu Noel, zu dem ich jetzt zurückfahren werde.

Es dauert keine Viertelstunde, dann bin ich bereits wieder in der Ludwigstraße. Schon von weitem sehe ich, dass Noel auf den Stufen vor der Haustür sitzt.
Ich bleibe stehen und höre auf zu atmen.
Jetzt, Yella, denke ich, jetzt endlich bekommst du deine wohlverdiente Chance. Jetzt holst du ihn dir zurück.
Kirstys verheultes Gesicht, das urplötzlich auf meiner inneren Kinoleinwand auftaucht, verbanne ich in den hintersten Winkel meines Zellengedächtnisses. Während Kirstys Gesicht in die Filmdose schlüpft, drängt Nellas sich mit aller Macht heraus.
»Du gemeine, hinterlistige Kuh!«, zische ich. »Du bist doch an allem schuld.«
Ich balle die Fäuste. Dann atme ich tief durch und versuche mich zu entspannen. Ich will Noel so gelassen und natürlich wie möglich gegenübertreten.
Doch leider sind meine Knie verdammt schlackerig und meine Schritte trotz der gewohnten Sneakers an den Füßen leider etwas staksig.
Zum Glück bemerkt Noel mich erst, als ich schon fast vor ihm stehe. Er hebt den Kopf und guckt mich verwundert an.
»Hi, Yella, schon wieder zurück?«
»Ja«, sage ich. »Ich habe nur …«
Ich stocke und überlege krampfhaft, was ich jetzt sagen soll. Doch Noel scheint gar nicht zu interessieren, wo Justin abgeblieben ist.

»Bist du jetzt mit ihm zusammen?«, fragt er.
Na wunderbar! Erleichtert stoße ich einen Schwall Luft raus. Die Saat ist aufgegangen, er kommt direkt auf den Punkt.
»Ja«, lüge ich mit klopfendem Herzen. »Wieso?«
Noel senkt den Kopf. Er angelt ein kurzes dünnes Stöckchen aus dem Beet und kratzt damit in den Ritzen zwischen den Pflastersteinen herum.
»Ich wünsche dir, dass du mehr Glück hast als ich«, sagt er tonlos.
»Mehr Glück?«, erwidere ich. »Was ist denn los? Hat deine neue Freundin etwa schon wieder Schluss gemacht?«
»Nein«, sagt Noel. »Ich.«
»Du?«
Die vorgetäuschte Verwunderung gelingt mir bestens.
Noel nickt.
»Ja.«
Plötzlich hebt er den Kopf und schaut mich an. Seine Augen sind tief und traurig. Einfach wunderschön. Wie gerne würde ich ihn jetzt am liebsten in den Arm nehmen und küssen. Aber ich beherrsche mich und begnüge mich damit, ihm sachte eine Hand auf den Rücken zu legen. Diese Berührung wird ihn trösten. Sie wird ihm vertraut vorkommen. Er wird endgültig erkennen, dass es ein fataler Fehler war, sich von mir zu trennen. Die Liebe zu mir wird ihn durchfluten und dann wird er mich umarmen und küssen. Und das wird wie eine Erlösung sein. Nicht nur für mich, sondern für uns beide.
»Weißt du, Yella«, sagt er, »eigentlich kann ich jetzt erst so richtig verstehen, wie es dir damals gegangen

sein muss, als deine Freundin dir deinen Freund weggenommen hat …«

»Ja…?«

»Und ehrlich gesagt, finde ich es wahnsinnig toll, dass wir jetzt hier so sitzen und miteinander reden können. Letzten Samstag, als wir uns in der Bahn getroffen haben, da dachte ich noch, du heckst irgendwas aus. Ich hätte es sogar verstanden. Ich meine, wir waren doch so lange zusammen …«

»Du hast Recht, Noey«, wispere ich und bewege meine Hand langsam auf und ab. »Es hat mir total wehgetan, dass du dich in eine andere verguckt hattest, aber du siehst ja, du hast dich getäuscht.«

»Ja«, sagt er und seine Stimme klingt schrecklich bitter. »Kirsty und ich, wir haben uns so gut verstanden. Verstehst du, Yella, es war ganz anders als mit dir und mir. Wir hatten doch nur das eine im Kopf.« Er lacht fast ein bisschen abfällig, so als ob unsere Zärtlichkeiten plötzlich überhaupt nichts wert gewesen wären. »Aber mit Kirsty konnte ich reden. Über alles, kapierst du, Yella? Über physikalische Phänomene, Computerprogramme und über unsere Gefühle und Gedanken. Durch sie habe ich erst verstanden, dass es nicht darum geht, ein tolles Mädchen zu erobern und baldmöglichst viel Sex mit ihr zu haben, sondern um viel mehr.«

Was redest du denn da?, denke ich entsetzt.

In meiner Brust breitet sich ein dumpfes Gefühl aus. Und plötzlich fühlen sich Noels Rückenwirbel, die ich doch in- und auswendig kenne, absolut komisch und fremd an. Hastig ziehe ich meine Hand zurück. Doch Noel scheint es gar nicht zu merken. Er redet einfach weiter wie ein Wasserfall.

»Und jetzt erfahre ich durch einen saudummen Zufall, dass sie ganz anders ist, als ich dachte. Dass es ihr am Ende auch bloß um Sex geht. Wahrscheinlich ist sie sogar nymphoman und treibt es gleich mit mehreren gleichzeitig.«

Er schlägt die Hände vors Gesicht und fängt an zu heulen. Und ich sitze wie ein selten dummes Huhn daneben und starre ihn nur fassungslos an.

»Das Schlimme daran ist, dass ich sie trotzdem liebe, Yella. Ich liebe Kirsty wirklich. Ich habe sie rausgeworfen, aber ich vermisse sie schrecklich, und der Gedanke daran, dass es ihr gar nichts bedeutet, weil sie jetzt in diesem Moment in den Armen eines anderen Typen liegt und über seinen Hintern streicht, bringt mich fast um.«

Und du? Was machst du? Du bringst *mich* gerade um! Ist dir das überhaupt klar, Noey? Du blöder Hund! Trampelst einfach auf meinen Gefühlen herum, als ob ich kein Mensch aus Fleisch und Blut wäre. Wahrscheinlich hast du die ganzen sechs Monate nichts anderes in mir gesehen als ein Knutschspielzeug.

Meine Güte, bin ich vielleicht bescheuert gewesen!

Und plötzlich kocht alles in mir über.

»Du Arschloch!«, brülle ich los und dann hämmere ich völlig blindlings mit den Fäusten auf ihn ein.

»Yella«, schreit er. »Spinnst du jetzt total, oder was?«

Er springt auf und wehrt meine Schläge ab. Schließlich kriegt er meine Handgelenke zu fassen. »Jetzt hör auf damit! Was soll das denn?«

»Das fragst du noch, du dummer Hund!«, keife ich und dann sage ich etwas, das mich selbst total überrascht. »Du hast Kirsty doch überhaupt nicht verdient, du Bock!«

Mit einem Schlag sind wir beide wie erstarrt.

»Du kennst sie also«, sagt Noel schließlich. »Na klar kennst du sie. Ich hab dir ja selber gezeigt, wo sie wohnt. Logisch bist du noch mal zu ihr hingefahren. Du hast sie beobachtet, du hast sie sogar kennen gelernt. Aber du hast ihr natürlich nicht gesagt, wer du bist.« Er kneift die Augen zusammen und spießt mich fast auf mit seinem hasserfüllten Blick. »Oder etwa doch? Dann steckt ihr zusammen. Und dann weißt du auch, dass Kirsty bereits einen Freund hat.«

»Kannst du eigentlich auch noch an was anderes denken, als immer nur daran, dass Kirsty dich womöglich betrügt?«, fauche ich ihn an.

Noel schüttelt den Kopf.

»Zum Beispiel?«

»An mich?«, schreie ich. »Und wie es mir die ganze Zeit gegangen ist, seitdem du Schluss gemacht hast!« Meine Wut schlägt um und auf einmal ist mir nur noch elend. Ich fange sogar an zu heulen, aber das ist mir im Moment völlig egal. Soll dieser Arsch doch sehen, was er angerichtet hat. »Und mit so einem hätte ich fast geschlafen.«

Noel lässt meine Handgelenke los und nickt. Er ist total blass um die Nase.

»Du hast Recht, Yella«, sagt er leise. »Aber du darfst jetzt nicht denken, dass ich nicht gerne mit dir zusammen war. Ich hab dich auch jetzt noch gern, aber das mit Kirsty, das hat mich einfach umgehauen. Mit so etwas habe ich im Leben nicht gerechnet. Ich dachte doch, ich lieb dich, aber …«

»Hör auf!«, brülle ich unter Tränen.

Wahrscheinlich haben rundherum schon alle Leute un-

sere Schreierei mitgekriegt und kleben nun mit ihren Ohren an den Fensterscheiben, aber auch das ist mir total egal.
»Lass mich bloß in Frieden!«, brülle ich, dann drehe ich mich um und renne einfach davon.

Ich renne an der Straßenbahnhaltestelle vorbei bis zur U-Bahn-Station. Es macht mir nicht das Geringste aus, die Rolltreppe hinunter in die Dunkelheit zu gleiten. Im Gegenteil. Es ist genau das, was ich jetzt brauche.
Ich steige in die nächstbeste Bahn, die einfährt, schmeiße mich auf einen Viererplatz und lasse mich von den anderen anstarren.
Ja, guckt mich an, es geht mir scheiße. Könnt ihr das alle sehen? Ja? – Wunderbar!
Yella auf dem Weg durch die Unterwelt geradewegs in die Hölle hinein. Dieses Bild spukt mir so lange durch den Kopf, bis ich das Kotzen kriege.
Ich verlasse den Zug an irgendeiner Station, trockne mir die Tränen und sehe zu, dass ich auf dem direktesten Weg nach Hause komme.

Wahnsinnsgefühle

Ich stelle meine Sneakers unter die Garderobe und tapse auf Zehenspitzen durch den Flur in mein Zimmer. Vielleicht hat Mam gehört, wie ich die Haustür ins Schloss gedrückt habe. Wenn ja, dann hat sie sich nichts anmerken lassen.
Wie in Trance nehme ich meine Tasche von der Schulter und lege sie auf den Schreibtischstuhl. Dann öffne ich den Kleiderschrank und hole den Cellokasten heraus. Vorsichtig lege ich ihn auf dem Boden ab, lasse die Schnallen aufschnacksen und hebe den Deckel hoch.
Der Bauch des Instruments glänzt wie frisch poliert. Sachte lasse ich meine Fingerspitzen darüber gleiten. Er fühlt sich kühl und warm zugleich und unendlich vertraut an.
So lange habe ich dich nicht mehr berührt, denke ich. Seit der Geschichte mit Nella habe ich einfach so getan, als ob es dich nie gegeben hätte. Nicht einmal Noel habe ich von dir erzählt. Im Grunde weiß er gar nichts von mir. Er kennt meine Haut, mein Lachen und meine Küsse. Ich selbst, Yella, habe ihn nie wirklich interessiert und wenn ich ehrlich bin, ist es umgekehrt nicht anders gewesen. Klar fand ich ihn toll. Er war der schönste, der beste von allen. Tausendmal wundervoller noch als Luca. Es war so, weil es einfach so sein musste.

Weil es mich getröstet hat. Weil es den Schmerz zugedeckt hat.
Vor einer halben Stunde hat Noel diese Decke weggezogen und der Schmerz ist immer noch da.
Abermals schießen mir Tränen in die Augen. Schluchzend umfasse ich den Hals des Cellos und hebe das Instrument aus dem Kasten. Mit der anderen Hand greife ich nach dem Bogen. Meine Umhängetasche fege ich mit dem Fuß vom Stuhl. Ich schiebe ihn zum Fenster hin und lasse mich darauf sinken. Unter den Fingerkuppen meiner linken Hand spüre ich die Spannung der Saiten. Ich richte mich auf, schließe die Augen und setze den Bogen an.
Die tiefen warmen Töne lassen den Körper des Instruments vibrieren. Über die Berührung mit meinen Oberschenkeln überträgt sich die Schwingung in meinen Körper. Genau wie früher schmelze ich innerhalb von Sekundenbruchteilen mit meinem Cello zu einer Einheit zusammen. Es ist, als ob es die Zeit dazwischen überhaupt nicht gegeben hätte.
Ich spiele, ohne mich wirklich an Notensätze erinnern zu können. Die Melodie, die ganze Musik kommt aus mir. Obwohl ich das Licht, das durch das Fenster ins Zimmer fällt, wahrnehme, spüre ich nichts als Dunkelheit.
Ich habe keine Angst und ich fühle mich auch nicht bedroht.
Ich bin einfach nur traurig.
Und das fühlt sich völlig okay an.

Als ich nach einer Ewigkeit den Bogen sinken lasse und die Augen wieder öffne, sehe ich Mam auf der Bettkante sitzen.

»So schön hast du noch nie gespielt«, sagt sie leise.

»Seit wann sitzt du denn da?«, frage ich. »Ich habe gar nicht gehört, wie du hereingekommen bist.«

Mam hebt die Schultern und lächelt.

»Ich habe mir auch große Mühe gegeben, dich nicht zu stören«, sagt sie. »Aber ich musste dir einfach zuhören. Und dich dabei anschauen.« Sie schüttelt leise, fast ungläubig den Kopf. »Gestern hast du noch völlig anders ausgesehen.«

Ich starre auf mein Cello und weiß nicht, was ich sagen soll.

»Seit diesem schrecklichen Streit mit Manuela hast du nicht mehr gespielt«, sagt Mam nach einer Weile. Sie steht zögernd von meinem Bett auf und legt mir sanft ihre Hand auf den Rücken. »Heißt das, dass du ihr verziehen hast?«

»Nein«, sage ich harsch.

Nicht weil es so ist, sondern weil ich jetzt einfach nicht reden will. Schon gar nichts Großes mit Vergeben, Vergessen und Verzeihen. Und ich will auch nichts über meinen Vater hören. Ich will einfach bloß allein sein.

»Mam, kannst du bitte gehen«, sage ich leise, aber bestimmt.

Sie erwidert nichts, nimmt nur die Hand von meinem Rücken.

»Es hat nichts mit dir zu tun«, sage ich schnell. »Und auch nichts mit uns. Ich kann jetzt einfach nur nicht reden.«

»Okay.«

Mam lächelt kurz und nickt. Dann dreht sie sich um und tappt so leise, als ob sie ein schlafendes Kind wecken könnte, aus dem Zimmer.

Als ich am nächsten Morgen aufwache, ist es halb elf. Ich habe wirres Zeug geträumt und fühle mich völlig durcheinander. Der Cellokasten lehnt stumm neben dem Kleiderschrank an der Wand. Ich denke an Noel. Und an Kirsty.

Und an den Bockmist, den ich verzapft habe.

Du hast Kirsty überhaupt nicht verdient, habe ich gestern zu ihm gesagt und mich damit selbst überrascht.

Ich sehe ihr liebes rundliches Gesicht und fange an zu heulen.

»Du hast sie auch nicht verdient, Yella«, murmele ich. »Du schon gar nicht.«

Ich wische mir über die Augen und schlüpfe aus dem Bett. Keinen Schimmer, wie ich Kirsty jemals wieder ins Gesicht gucken kann. Ich müsste ihr die Wahrheit sagen und die könnte sie mir garantiert niemals verzeihen.

»Sei nicht blöd, Yella«, sage ich mir. »Die Episode Kirsty ist seit vorgestern vorbei. So war es geplant und so wird es nun auch sein.«

Ich drücke den aufkeimenden inneren Protest unter meinem Brustbein zur Seite, raffe wahllos ein paar Klamotten zusammen und husche ins Bad. Aber auch eine ausgiebige Dusche ändert nichts an meinem miesen Gefühl. Hastig trockne ich mich ab, streife die Jeans und das T-Shirt über und bürste mir kurz durch die

Haare. Lust mich zu stylen habe ich überhaupt nicht. Ich creme mir nur das Gesicht ein und fertig.
Hoffentlich lässt Mam mich heute noch in Ruhe, denke ich. Doch als ich in die Küche komme, sehe ich, dass sie bereits ausgeflogen ist.

Meine Süße,

steht auf dem Zettel, der auf der Anrichte liegt.

Margo und Jens haben mich spontan zum Brunch eingeladen.
Bin am frühen Nachmittag zurück.
Mam

Meine Süße –Ts!
So hat sie mich das letzte Mal genannt, als ich noch in der Grundschule war. Danach wollte ich es nicht mehr hören. Aber jetzt tut es mir irgendwie gut.
Ich schütte ein wenig Kaffee mit viel Milch in meine Lieblingstasse und esse einen Marmeladentoast dazu. Danach tappe ich in mein Zimmer zurück, ziehe die Krimskrams-Schublade heraus und greife nach meinem Handy. Eigentlich möchte ich es nie wieder einschalten, andererseits könnte eine SMS von Valeska drauf sein.
Mit klopfendem Herzen schalte ich es ein und bekomme kurz darauf die Info, dass ich drei neue Nachrichten habe. Eine davon ist tatsächlich von Valeska.

freu mich auf dich
denk bitte an nino, er wartet noch immer auf ein kleines dankeschön
bis nachher

Gut, dass sie mich erinnert hat. Nino hätte ich sonst wieder total vergessen. Die anderen beiden SMSse sind von Kirsty und von Justin. Ich öffne zuerst die von Jus.

Ich hab eine Weile gebraucht um zu kapieren.
Du bist immer noch in den Typen von nebenan verliebt, stimmt's?
Dass wir uns kennen gelernt haben, war der reine Zufall – hab ich zumindest gedacht. Inzwischen fürchte ich, dass du nachgeholfen hast. Um dich an deinem Ex zu rächen?
Scheiße, Yella, das war nicht gut und ich wünsche mir noch immer, dass das nicht wahr ist.
Justin

Justin, nicht Jus. Jus ist bestimmt nur für gute Freunde und dazu zähle ich nun wirklich nicht.

leider liegst du genau richtig
tut mir leid
yella

tippe ich ein und schicke das Ding los.
Ein schmerzhafter Stich jagt mir durchs Herz. Ich lasse mich auf meinen Stuhl fallen und starre auf den mit Schulunterlagen überhäuften Schreibtisch. Justin ist der netteste Kerl, der mir seit Ewigkeiten unter die Augen gekommen ist. Wenn ich nicht so verbohrt und mit all meinen Sinnen auf Noel fixiert gewesen wäre, dann hätte aus ihm und mir vielleicht sogar was werden können. Aber dafür ist es nun zu spät. Er würde mir ohnehin niemals glauben, dass ich ihn mag …

Verdammte Hacke noch mal! Da hat das Schicksal mir innerhalb so weniger Tage so viele wundervolle Menschen über den Weg geschickt … Und was mache ich? Blind wie ein Maulwurf und gemein wie eine alte Gifthexe nutze ich sie für meine Zwecke aus. Allesamt. Sogar Valeskas Namen habe ich missbraucht. Ganz egal, wie intensiv ich mich heute bei Nino bedanken werde – wieder gutmachen kann ich gar nichts davon.
Und deshalb lösche ich Kirstys SMS, ohne einen einzigen weiteren Blick darauf zu werfen.

In einem kleinen Blumengeschäft erstehe ich die schönste Lilie, die ich jemals gesehen habe. Ihre Blüte schimmert total samtig in allen möglichen Pinktönen und sie verströmt einen geradezu betörenden Duft.
Ich lasse sie in Zellophan einschlagen und mache mich anschließend damit auf in Richtung Valeska. Auch heute tangiert mich das U-Bahn-Fahren nicht im Geringsten. Es wird zwar garantiert nicht zu meiner neuen Leidenschaft werden. Aber die Tatsache, dass der seltsame dunkle Druck, der mich jedes Mal beim Betreten der abwärts führenden Rolltreppe überfallen hat, verschwunden ist, fühlt sich ziemlich befreiend an.
Als ich den Finger auf Ninos Klingelknopf lege, ist es bereits kurz nach zwölf. Ich warte eine halbe Minute, aber es tut sich nichts. Also schelle ich bei Valeska.
»Bist du das, Yella?«, dringt ihre Stimme aus der Sprechanlage.
»Ja«, sage ich.
Der Summer ertönt und ich haste nach oben. Die Woh-

nungstür ist angelehnt. Ich schlüpfe in den Flur und im nächsten Moment fliegt mir Valeska um den Hals und küsst mich auf die Backe. Sie scheint total aufgekratzt zu sein.

»Hey«, sage ich lachend. »Lass mich leben.« Nach der letzten zergrübelten Nacht tut mir ihre Fröhlichkeit total gut. »Sonst kann ich Nino die Blume gar nicht mehr geben.«

»Ach so«, erwidert Valeska. »Die ist für Nino.« Sie zupft das Zellophanpapier, das bei ihrer stürmischen Umarmung ein bisschen zerknittert ist, wieder zurecht. »Na, das trifft sich ja gut. Der sitzt nämlich bereits bei mir auf dem Sofa.«

Es ist seltsam, am helllichten Tag aus der strahlenden Sonne in diese abgedunkelte Wohnung zu kommen. Bei meinem ersten Besuch ist es mir nicht so gegangen, aber diesmal empfinde ich das Wohnzimmer trotz aller Romantik als Verlies und mit einem Schlag ist meine Heiterkeit wieder verschwunden.

»Hallo, Yella-Schätzchen!«, ruft Nino, als er mich erblickt. Er springt vom Sofa auf und begrüßt mich ebenfalls mit einem Küsschen auf die Backe. »Ich freue mich, dich zu sehen.«

»Ja«, krächze ich und halte ihm die Lilie unter die Nase. »Tut mir Leid, dass ich letztens so sang- und klanglos verschwunden bin. Ohne mich zu bedanken und all das. Das möchte hiermit heute tun«, fahre ich etwas gestelzt fort. »Du hast mir wirklich wahnsinnig geholfen.«

»Stimmt«, sagt Nino und grinst. »Du siehst sehr gut aus so ganz ohne Schminke.«

»Das ist nicht dein Ernst«, stammele ich.

»Natürlich nicht«, erwidert Nino, der heute vom Hals bis zu den Knöcheln in einen hautengen grünen Trainingsanzug gehüllt ist. »Ehrlich gesagt, siehst du total scheiße aus. Aber du willst ja nicht drüber reden, gell?«, fügt er hinzu. »Dafür ist diese Lilie wirklich zauberhaft. Vielen Dank.«

Er geht mit der Blume an Valeska vorbei aus dem Zimmer und ich habe das Gefühl, total blass geworden zu sein.

»Er hat Recht«, meint Valeska. »Es geht dir wirklich nicht gut.« Sie drückt mich ins Sofa und lässt sich neben mich fallen. »Wenn du allerdings nicht drüber sprichst, wird es auch nicht besser.«

Ich starre sie an und heule los. Es ist mir total peinlich und schrecklich unangenehm, aber es lässt sich nicht verhindern.

»Eigentlich bin ich nur wegen dir gekommen«, schluchze ich. »Weil du mir diesen Brief zeigen wolltest und ...«

»Schsch«, macht Valeska. Sie schlingt die Arme um mich und streichelt mir über den Rücken. »Ist ja schon gut.«

»Nein«, stoße ich hervor. »Überhaupt nichts ist gut. Ich habe absoluten Mist gebaut.«

Aus tränenverschleierten Augenwinkeln sehe ich, dass Nino wieder ins Zimmer gekommen ist. Er stellt die Lilie, die er in eine Vase gesteckt hat, leise auf dem Tisch ab und lässt sich in den Sessel sinken.

Ich brauche noch eine Weile, bis ich mich wieder so weit im Griff habe, dass ich sprechen kann. Aber dann fließt alles, was mir das Herz zerdrückt, in einem gewaltigen Sturzbach aus mir heraus.

Ich erzähle von Nella und unserer innigen Freundschaft, der Geschichte mit Luca, dem Trouble mit meiner Mutter und von meinem unbekannten Vater, dessen vollen Namen ich erst vor ein paar Tagen erfahren habe. Valeska und Nino hören schweigend zu, und nachdem ich von Noel und Kirsty und meiner fixen Idee, ihn zurückgewinnen zu wollen, erzählt habe, stößt Valeska plötzlich einen Pfiff aus.

»Ich glaube, mir dämmert da gerade was«, sagt sie. »Dieses Mädchen, das gestern vor meiner Tür stand, die passt haargenau auf deine Beschreibung: Liebes, rundes Gesicht, ein Haufen Ringe an den Fingern … Das war deine Kirsty!«

»W-was?«, stammle ich. »Wieso meine Kirsty? Was denn überhaupt für ein Mädchen?«

»Aber das hab ich dir doch gestern am Telefon erzählt«, hilft Valeska mir auf die Sprünge. »Dass mir was total Komisches passiert ist.«

»Ja … schon, aber …«, stammle ich weiter.

Dabei ahne ich bereits, was passiert ist. Wahrscheinlich könnte ich ihr die Geschichte jetzt genauso gut erzählen, wie sie mir.

Valeska holt einmal tief Luft.

»Also … es hat geklingelt«, beginnt sie. »Ich frage durch die Sprechanlage, wer da ist. Eine Mädchenstimme sagt: Kirsty. Ich möchte zu Valeska. Komisch, hab ich gedacht, aber aufgedrückt.« Sie zuckt die Schultern. »Wieso auch nicht? Ja … und dann kommt dieses Mädchen die Treppe hoch. Natürlich kriegt sie erst mal ’n Flash.« Valeska grinst und ihre Narbe schiebt sich in Richtung Ohr. »Wie alle, die mich zum ersten Mal sehen.« Sie tätschelt mir den Rücken. »Aber sie hat sich nicht abschrecken lassen, sondern ist nach einem kurzen Zögern bis zu mir heraufgekommen. Ist Valeska da?, hat sie gefragt. Klar, hab ich geantwortet. *Ich* bin Valeska. Sie hat mich kopfschüttelnd angestarrt und ›Das kann nicht sein‹ gestottert. Dann hat sie sich umgedreht und ist die Treppe hinuntergestolpert.«

Ich lege das Gesicht in meine Hände und murmle: »Scheiße, scheiße, scheiße.«

»Das kann ich nur bestätigen«, höre ich Nino sagen. »Wenn ich die Geschichte richtig verstanden habe, hast du dieser Kirsty nämlich nicht einfach irgendeinen erfundenen falschen Namen gesagt, sondern Valeskas.«

Ich reiße die Hände wieder runter, springe vom Sofa hoch und brülle nun lauthals: »Ja, scheiße, ja!«

Valeska schaut mich mit todernster Miene an.

»Das hilft nun wirklich niemandem weiter«, sagt sie.

»Das weiß ich auch«, presse ich hervor. »Aber was soll ich denn machen, außer zu sagen, dass es mir Leid tut?«

»Gute Idee«, meint Nino. »Mach das doch einfach mal.«

»Hab ich doch gerade.« Ich richte meinen Blick flehend auf Valeska. »Bitte, es tut mir ehrlich Leid, aber mir ist in dem Moment einfach kein anderer Name eingefallen.«

»Ja, ja.« Valeska nickt. »Das glaube ich dir und ich kann es sogar nachvollziehen, aber darum geht es im Augenblick gar nicht.«

»Sondern?«, frage ich.

Nino und Valeska drehen einander langsam ihre Gesichter zu und gucken sich sprachlos an.

»Glaubst du, bei Yella ist noch was zu retten?«, fragt Nino schließlich.
»Keine Ahnung«, erwidert Valeska. »So schwer von Begriff kann doch eigentlich kein Mensch sein.«
Nino zuckt die Achseln. Abfällig zieht er die Mundwinkel nach unten.
»Diese Yella da offensichtlich schon. Die kommt gar nicht auf die Idee, dass sie ohne großen Aufwand eine gewisse Schadensbegrenzung erreichen könnte.«
Schadensbegrenzung? Was, verdammt noch mal, meint er damit? In meinem Kopf ist alles dunkel. Es fühlt sich an, als ob sich dieses berühmt-berüchtigte Brett vor meiner Stirn häuslich niedergelassen hätte. Ich starre zwischen Nino und Valeska hin und her und komme mir unendlich blöd vor.
»Voraussetzung dafür wäre jedoch die Erkenntnis, dass man bestimmte Dinge, die geschehen sind, richtig stellen könnte«, versucht Valeska mir auf die Sprünge zu helfen. »Insbesondere, wenn man sie selbst zu verantworten hat.« Sie hebt die Schultern und schaut mich fast zärtlich an. »Allerdings braucht es dazu ein bisschen Mut, aber damit hast du doch hoffentlich keine Probleme.«
Wie? Was?
Ein paar Sekunden lang herrscht in meinen grauen Zellen die totale Verwirrung. Doch im nächsten Moment fäll das Brett von meiner Stirn mit einem lauten Knall herunter und ich habe so etwas wie eine Blitzerleuchtung.
»Nee«, sage ich kopfschüttelnd. »Das bringe ich nicht. Das könnt ihr nicht von mir verlangen.«
»Tun wir ja auch gar nicht«, erwidert Nino. »Es ist dein

Leben. Du darfst selbst entscheiden, ob du dich lieber im Schlamm suhlst …«

»Das ist doch Quatsch!«, fahre ich dazwischen. »In ein paar Tagen habe ich das alles vergessen. Außerdem werde ich so etwas nie wieder tun. Immerhin habe ich aus der Sache gelernt.«

»Na, super!«, sagt Nino.

Er grinst mich frech an und auch Valeskas Narbe biegt sich wieder bedrohlich in Richtung Ohr.

»Mann, seid ihr blöd!«, fauche ich.

»Klar«, sagt Valeska. »Nino und ich, wir waren schon immer die Blöden.«

In meinem Hals bildet sich ein riesengroßer Kloß, der sich wie eine Geleemasse bis in meinen Bauch hinunter ausbreitet. Ich bin wütend, aber ich weiß, dass sie Recht haben. Denn auf einmal kapiere ich, dass dort die wundervollsten Menschen sitzen, denen ich je begegnet bin. Nicht einen einzigen Vorwurf haben sie mir gemacht. Im Gegenteil, sie haben mir gezeigt, dass sie mich so mögen wie ich bin. Trotz dieses Riesenbockmists, den ich gebaut habe. Trotz ihrer eigenen, teilweise wirklich großen Probleme versuchen sie sogar, mir da wieder herauszuhelfen. Und was mache ich? – Ich stelle mich quer und benehme mich so bockig wie ein kleines Kind.

Ich senke den Kopf und schäme mich fast zu Tode.

»Na, komm schon«, sagt Valeska munter. »Bring es endlich hinter dich.«

Sie steht vom Sofa auf, hängt mir meine Tasche über die Schulter und schiebt mich auf die Wohnungstür zu. »Nino und ich, wir denken ganz fest an dich. Und morgen Nachmittag kommst du wieder her und fährst mit uns ins Theater.«

Sie drückt mir noch einen Kuss auf die Backe und einen Augenblick später fällt die Tür hinter mir ins Schloss.

Leicht benommen vom Tageslicht tappe ich zur U-Bahn-Station und setze mich in die E722.
Lass es, sagt die Feige in mir, *tu' dir das nicht an*, *dreh wieder um und fahr heim*. Aber was soll ich Valeska und Nino dann sagen? Und vor allem: Wie soll ich mir dann jemals wieder selbst ins Gesicht gucken können?
Nein, ich will nicht feige sein. Ich stehe zu dem, was ich verbockt habe. Und deshalb verlasse ich die Bahn am Wellenkamp und steuere geradewegs auf den Rabenweg zu. Als das graue Eckhaus mit der Nummer 48 in Sichtweite kommt, bleibe ich kurz stehen und starre es an.
»Das ist Selbstmord, Yella«, murmele ich.
Aber was habe ich für eine Wahl?
Mit klopfendem Herzen gehe ich weiter und drücke auf den Klingelknopf.
Kirsty öffnet die Tür. Als unsere Blicke sich treffen, wird sie kalkweiß.
»Hast du meine Simse bekommen?«, fragt sie kühl.
Ich nicke.
»Aber ich habe sie nicht gelesen«, sage ich.
»Du hast mich angelogen. Du bist nicht Valeska und du wohnst auch nicht in der …«
»Das stimmt«, gebe ich sofort zu.
Mittlerweile habe ich den Treppenabsatz erreicht. Meine Knie sind puddingweich. Trotzdem gehe ich zielstrebig auf Kirsty zu. »Ich bin Yella.«
»Yella?«

Sie wird noch bleicher, obwohl das kaum noch möglich ist.

»Ja«, sage ich. »Und ich habe etwas getan, was unverzeihlich ist. Aber ich möchte es dir trotzdem erklären und hoffe, dass ich dadurch wenigstens ein bisschen wieder gutmachen kann.«

»Du hast mein Handy, stimmt's?«, erwidert Kirsty rau. »Du hast es eingesteckt und Noel eine SMS geschickt, in der stand, dass ich ihn eigentlich gar nicht mehr liebe, oder?«

»Viel schlimmer«, sage ich und bemühe mich, ihr dabei fest in die Augen zu gucken. »Ich wollte doch ganz sicher gehen, dass ihr nicht mehr zusammenkommt.«

Kirsty schluckt. So viel Gemeinheit kann sie sich wahrscheinlich gar nicht vorstellen.

»Und ich dachte, du bist meine Freundin«, sagt sie heiser.

»Ja«, sage ich. »Ich weiß. Inzwischen tut es mir auch schrecklich Leid. Ich ... ich ... irgendwie bin ich völlig blind gewesen. Ich habe Noel so geliebt, ich wollte ihn nicht verlieren. Erst recht nicht an eine andere.«

Kirsty nickt. »Es hat dich wohl alles an deine Freundin damals erinnert, die ...« Sie stockt und ihre großen hellen Augen füllen sich mit Tränen.

Am liebsten würde ich sie in die Arme nehmen und an mich drücken, aber das wäre ja wohl der größte Schwachsinn überhaupt.

»Es tut mir so Leid«, stammele ich stattdessen, und auf einmal – so als ob jemand in mir einen Schalter umgelegt hätte – fühle ich bis in die kleinste Faser meines Körpers, dass es tatsächlich so ist. »Und ich werde Noel jetzt sofort anrufen und ihm alles erklären.«

Mit fahrigen Bewegungen krame ich mein Handy hervor und wähle seine Nummer. Er meldet sich bereits nach dem zweiten Ton.
»Kirsty?«, fragt er gehetzt.
»Nein, ich bin's, Yella«, sage ich. »Ich habe dir das Arschfoto geschickt, nicht Kirsty. Ich habe ihr Handy geklaut und …«
Weiter komme ich nicht.
»Du bist wirklich das Allerletzte!«, brüllt Noel los. »Wie gut, dass ich mit dir nichts mehr zu tun habe! Verdammte Scheiße! Wie soll ich das Kirsty erklären? Ich liebe sie nämlich, kapierst du. Ich liebe sie wirklich.«
»Ich weiß«, sage ich rau. »Und sie dich auch. Am besten, du rufst sie jetzt an. Sie ist zu Hause.« Ich drücke ihn weg und lasse das Handy in meine Tasche zurückgleiten. »Dein Handy habe ich übrigens bei der Polizeistation am Marktplatz abgegeben«, sage ich zu Kirsty.
Dann drehe ich mich auf dem Absatz um und renne die Treppe hinunter.
»Yellaaa!«, höre ich sie schreien. »Warte!«
Nein, das werde ich nicht. Ich habe alles getan, was ich tun konnte. Ich werde mir jetzt nicht noch anhören, dass sie mir nie mehr verzeihen kann. Dafür, verdammte Hacke noch mal, hab ich sie einfach zu gern.

Wieder zu Hause, lasse ich mich erst mal aufs Bett fallen. Ich starre zur Decke und fühle mich total leer. Vor ein paar Tagen wäre ich wegen einer solchen Leistung

noch superstolz auf mich gewesen, jetzt ist da gar nichts mehr, bloß das Gefühl, einen Riesenberg überwunden zu haben.
In diesem Zustand liege ich eine ganze Weile da, ohne an etwas zu denken. Und dann, als mein Gehirn sich irgendwann wieder einschaltet, ist der Erste, der mir einfällt, Justin.
Justin!
Ich sehe die Sonne in seinen hellbraunen Augen, spüre seine Hand an meinem Handgelenk und das Ruckeln der Straßenbahn unter meinen Füßen. Plötzlich verliere ich das Gleichgewicht.
Ich reiße die Arme hoch und schreie: »Mamaaa!« – Wie ein kleines Kind, das vor dem Sturz auf seine Knie bewahrt werden will.
Im nächsten Augenblick steht sie bereits in der Tür.
»Alles in Ordnung, Yella?«
»Nein«, sage ich. »Mam, es ist gar nichts in Ordnung.«
Sie kommt herüber, setzt sich zu mir auf die Bettkante und nimmt meine Hand.
»Du kannst mir immer noch alles erzählen, Yella, auch wenn du schon so groß bist und ich nur deine Mutter bin.«
»Ach, Mam«, seufze ich. »Es tut mir so Leid.«
Natürlich fange ich wieder an zu heulen, und nachdem sie eine Weile meinen Unterarm gestreichelt hat, erzähle ich alles noch einmal. Genau wie Nino und Valeska hört auch sie einfach nur zu und drückt dabei hin und wieder meine Hand.
»Warum bin ich nur so?«, murmele ich am Ende.
»Du bist halt wie du bist«, sagt Mam leise. »Yella eben.

Und bisher hast du doch alles ganz gut geregelt, wie mir scheint.«

»Trotzdem«, sage ich.

Schließlich ist da immer noch dieser unbekannte Teil in mir, der wie eine unsichtbare Gestalt hinter mir steht und sich nicht wirklich greifen lässt.

Ich setze mich auf und schaue meiner Mutter ins Gesicht.

»Warum sehe ich ihm eigentlich kein bisschen ähnlich?«, frage ich sie.

»Du meinst deinen Vater?« Sie lächelt und streicht mir sanft mit dem Finger über die Backe. »Aber das tust du doch.«

»Ich hab ja noch nicht mal asiatische Augen.«

»Vielleicht nicht von der Farbe«, erwidert Mam. »Von der Form her allerdings schon. Außerdem ist es eher der untere Teil deines Gesichts und die Art, wie du manchmal den Kopf hältst, die Hermann so ähnlich ist. Trotzdem bist du nicht wie er«, fügt sie entschieden hinzu. »Du hast Teile von ihm und von mir und von Millionen Vorfahren, die du ebenso wenig kennst wie deinen Vater. Und genau wie jeder andere Mensch musst du ganz alleine herausfinden, wer du bist. Ich oder deine Freunde können dir nur dabei helfen.« Wieder huscht ein Lächeln über ihr Gesicht. »Nino, Valeska und Kirsty scheinen ja richtige Glückstreffer zu sein. Und was diesen Justin angeht … den würde ich übrigens auch nicht einfach in der Versenkung verschwinden lassen.«

Mam hat vielleicht gut reden. Mir bleibt doch gar nichts anderes übrig, als Justin zu vergessen. Jetzt, nachdem er weiß, dass ich mich nicht für ihn, sondern immer nur für Noel interessiert habe und ich ihn eigentlich nur ausgenutzt habe, werde ich ihm nie wieder mit ernsten Absichten unter die Augen treten können. Er würde mir ohnehin nicht glauben, und damit wäre jeder noch so ehrlich gemeinte Versuch völlig sinnlos. Außerdem will ich ja eh nichts von ihm!
Das zumindest versuche ich mir einzureden, als ich am Sonntag auf dem Weg zu Valeska bin. Je mehr ich jedoch darüber nachdenke, desto größer wird mein Wunsch, Justin wiederzusehen und ihm alles zu erklären. Vielleicht sollten wir den Kinobesuch nachholen und alles wirklich langsam angehen … Aber nein, nein, ich bin mir ziemlich sicher, dass er es gar nicht will. Und deshalb werde ich jetzt auch nicht mehr darüber nachdenken, verdammt noch mal!

➻ *Cellissimo*

Valeska begrüßt mich mit einer herzlichen Umarmung. Natürlich weiß sie längst, wie meine Beicht-Aktion bei Kirsty gelaufen ist, weil ich ihr gestern Abend noch eine SMS geschickt hatte. Trotzdem muss ich ihr alles noch einmal haarklein erzählen.

»Das Handy hättest du ihr bei der Gelegenheit natürlich auch zurückbringen können«, meint sie ein bisschen vorwurfsvoll.

»Ach, das hätten die Polizisten mir doch eh nicht wiedergegeben«, wende ich ein. »Schließlich bin ich nicht die Besitzerin. Und jetzt zeig du mir endlich mal den Liebesbrief, den du bekommen hast«, wechsele ich schnell das Thema.

»Ja«, sagt Valeska. Zögernd geht sie zur Kommode hinüber und nimmt einen hellblauen Umschlag aus dem oberen Schubfach. Als sie ihn mir entgegenhält, ist sie knallrot im Gesicht. »Ich habe wirklich keine Ahnung, von wem er sein könnte«, meint sie. »Aber es muss jemand aus dem Theater sein.«

Vorsichtig ziehe ich den Brief aus dem Umschlag und falte ihn auseinander.

Liebe Valeska, steht dort in einer etwas ungelenken Schrift,

obwohl mir das Licht wohlgesonnen ist, liebe ich genau wie du den Mond mehr als die Sonne. Denn das, was mir im

Leben am wichtigsten ist, spielt sich nicht bei Tageslicht ab. Bisher habe ich mich nicht getraut, dir das zu sagen. Dabei weiß ich, dass du mich magst. Ich weiß eben nur nicht, wie sehr.

»Aus dem Theater also«, sage ich, »aha! Und wen bitte schön magst du dort besonders gern?«

»Gülschan«, sagt Valeska und seufzt. »Aber die ist es natürlich nicht.«

»Und wen noch?«, bohre ich weiter.

Wieder schießt ihr die Röte ins Gesicht.

»Piet«, krächzt sie. »Der macht die Beleuchtung. Aber …« Sie stockt.

»Aber was?«

»Ich bin nicht in ihn verliebt.«

»Und warum bist du dann so verlegen?«, frage ich grinsend.

»Bin ich doch gar nicht«, erwidert Valeska ausweichend. Sie schaut auf ihre Armbanduhr und plötzlich ist sie ganz hektisch. »Du lieber Himmel, wir müssen uns beeilen! Die Probe beginnt in einer halben Stunde.«

Mit fliegenden Fingern schlüpft sie in ihre Kostümierung. Hose, Jacke, Handschuhe und Kopfumhang sind aus einem speziellen UV-undurchlässigen Material.

»Weißt du, dass ich das am Anfang für eine Burka gehalten habe?«, sage ich und erzähle ihr, dass ich sie vor unserer ersten Begegnung am Spielplatz schon einmal in der U-Bahn gesehen habe.

»Eine Burka – ts!« Valeska schüttelt den Kopf. »Wenn ich mir vorstelle, ich hätte eine gesunde Haut und müsste trotzdem immer so rumlaufen, weil das, was die

Männer aus meiner Religion gemacht haben, mich dazu zwingt – ich glaube, dann würde ich durchdrehen.«
Ein spannendes Thema, denke ich. Plötzlich will mir überhaupt nicht mehr in den Kopf, dass ich mich wochen- und monatelang für nichts anderes als ausschließlich für mich selbst interessiert habe. Leider haben wir keine Zeit, uns weiter über Religionen und Machtmissbrauch zu unterhalten, sondern raffen hastig unsere Sachen zusammen und stürzen nach unten. Nino wartet bereits vor seiner Wohnungstür auf uns.
»Ich wollte gerade raufkommen«, meint er und drückt mich kurz an sich. »Schön, dass du wirklich gekommen bist, Yella.«
»Hatte ich denn eine andere Wahl?«, erwidere ich keck.
»Natürlich nicht«, sagt Valeska streng.
Im nächsten Augenblick erschallt hinter ihrem Sonnenvisier ein entrücktes Mondscheinlachen.

Das Theater befindet sich in einem buckelig gepflasterten Hinterhof. Gegenüber befindet sich ein kleiner Kunstgewerbeladen und »dort oben hinter den Glasfenstern ist eine Yoga-Schule«, erzählt Nino mir.
Mit strammen Schritten rennt er auf eine Stahltür zu. Dahinter führt eine Steintreppe in »die unterirdischen Katakomben«, lange Gänge und einzelne Kellerräume, die als Umkleideräume oder Maske benutzt werden.
»Bis später dann«, sagt Nino und verschwindet gleich im ersten Schminkraum, in dem ein tierisches Menschengewusel herrscht.

»Hoffentlich schafft er es in der kurzen Zeit«, murmelt Valeska. »Bisher mussten noch nie alle für eine Probe geschminkt werden.«
Sie entledigt sich ihrer Schutzkleidung, zeigt mir rasch die Garderobenräume und die Kulisse.
»Da oben arbeitet Piet«, sagt sie und deutet auf ein Gerüst über uns, das aus zwei Ebenen besteht. »Hallo Piet!«
Zwischen zwei Scheinwerfern taucht ein hellblonder Wuschelkopf auf, der zu einem beleibten Typen mit hellen Augen und einem supernetten Lächeln gehört. Er winkt uns zu und wir winken zurück. Nachdem er wieder in der Beleuchtungstechnik verschwunden ist, stupse ich Valeska mit der Schulter an.
»Und?«
»Was und?«
»Magst du ihn wirklich nicht besonders gern?«
»Doch.«
»Aber?«, bohre ich.
»Ich weiß nicht«, druckst Valeska.
»Du hast Angst«, sage ich.
»Du nicht?«, kontert sie.
»Wovor?«
»Vor einer neuen Liebe«, sagt sie. »Zum Beispiel mit Justin.«
Mit allem habe ich gerechnet, aber nicht mit diesem Namen. Er durchzuckt mich wie ein Stromschlag.
»Das ist was anderes«, presse ich hervor. »Mit Justin, das kann gar nichts mehr werden.«
Valeska schaut mich nur an und schweigt.
»Soll ich Piet vielleicht mal fragen?«, lenke ich rasch von Justin ab. »Ob er dir den Brief zugesteckt hat.«

»Lass mal«, meint Valeska abwinkend. »Ich kann mich ja wohl schlecht darüber mokieren, dass Gereon und Ina nicht ohne Hilfe die Kurve gekriegt haben, und es dann genauso machen. Nee, nee«, sagt sie entschlossen. »Ich will mein Glück schon selber in die Hand nehmen.«

Obwohl dieser Satz nichts weiter als ein altbekannter Spruch ist, geht er mir nicht mehr aus dem Kopf. Nicht, als Valeska mir die Bühnenbilder zeigt, die sie gemalt hat, nicht als wir mit Gülschan, der Regisseurin, sprechen und erst recht nicht, als ich im Orchesterraum stehe und Tomas beim Stimmen seines Saxophons zuschaue. Nataniel, der die Kongas spielt, steht hinter seinen Trommeln und lauscht andächtig.
»Was spielt ihr eigentlich?«, frage ich, als Tomas fertig ist. »Ihr habt ja gar keine Notenblätter.«
Nataniel grinst.
»Nö«, meint er. »Wir sind ja auch kein richtiges Orchester. Wir brauchen auch normalerweise keine Partituren, weil wir ausschließlich improvisieren.«
Tomas nickt.
»So gesehen machen wir nur Geräusche.«
»Das finde ich jetzt aber ein bisschen untertrieben«, protestiert Gülschan, die raspelkurze rot gefärbte Haare und glühende schwarze Augen hat. »Die Instrumente tragen natürlich erheblich die Stimmung der einzelnen Szenen«, erklärt sie mir.
»In diesem Stück hätten wir allerdings gerne zusätzlich ein Streichinstrument eingesetzt«, sagt Valeska. »Deshalb ist es schade, dass du nur Blockflöte spielst.«

»Na ja«, sage ich zögernd. »Nicht nur …«

Valeska guckt mich keck an.

»Hört, hört«, ruft sie und nickt Gülschan zu. »Yella ist nämlich immer für eine Überraschung gut.«

»Was spielst du denn?«, will Gülschan wissen. »Violine?«

»Nein, Cello.«

Sie und Valeska kriegen ganz große Augen.

»Wahnsinn!«, ruft Gülschan und funkelt mich mit ihren Kohleaugen an. »Das wäre sozusagen ideal.«

»Moment mal«, wiegele ich sofort ab. »Ich kann das nicht.«

»Das glaube ich erst, wenn ich es eigenohrig gehört habe«, sagt Valeska. Sie kneift mich freundschaftlich in den Arm. »Dass du dich aber auch immer unter Wert verkaufen musst! Nimm dir doch endlich mal, was dir zusteht! Das Leben geht nach vorne weiter.«

Womms!

Nie zuvor hat mich etwas derartig tief ins Herz getroffen wie diese paar Worte. Es ist, als ob eine Art Spontanfilm in Schnelllauf auf meiner inneren Kinoleinwand abläuft.

Wie viele überflüssige Monate habe ich damit verbracht, zu leiden und mit Nella und meinem Schicksal zu hadern? Wie gottverdammt hirnlos bin ich gewesen zu glauben, dass Noel und ich das Absolute sind! Dass er derjenige ist, der mir zusteht und den ich mir mit allen Mitteln zurückholen darf!

Valeska hat Recht: Die ganze Zeit über habe ich in der Vergangenheit gelebt, anstatt nach der Zukunft zu greifen. Was ich seit meinem letzten Zusammentreffen mit Noel irgendwie gefühlt habe, dringt in diesen paar Se-

kunden so mächtig in mein Bewusstsein, dass es mich geradezu umhaut.
»Alles in Ordnung?«, fragt Gülschan. »Du bist auf einmal so blass.«
»Es geht schon«, murmele ich. »Mir war bloß ein bisschen schwindelig.«
»Vielleicht solltest du einen Schluck Wasser trinken«, meint Gülschan und blickt mich besorgt an.
»Nein, nein«, erwidere ich und streckte abwehrend meine Hände aus. »Sagt mir doch einfach mal, was ich so ungefähr spielen müsste.«
»Ungefähr?« Valeska grinst. »Das können wir dir sogar ziemlich genau sagen.«
Zielstrebig steuert sie einen großen dunklen Wandschrank an und hievt einen Cellokoffer heraus.
»Ihr habt sogar eins hier?«, rufe ich und eile zu ihr hin, um mir das Cello anzuschauen.
»Wir haben eine ganze Menge Instrumente«, erklärt Gülschan. »Alles Spenden. Ich habe allerdings keine Ahnung, ob sie auch wirklich was taugen.«
Ich nehme den Bogen und lasse meine Finger über die Saiten des Cellos gleiten.
»… ist ein ziemlich guter Geigenbauer.«
Als der erste Ton erklingt, schließt Gülschan verzückt die Augen.
»Oh, ich liebe diesen dunklen melancholischen Klang!«, sagt sie. »Am besten, ich schau mal nach, ob Marybell schon fertig geschminkt ist. Dann spielen wir die Szene vorab einmal durch, damit Yella weiß, worum es geht.«

Marybell ist ein zierliches Mädchen mit dunkelblonden Haaren, die sie im Nacken zu einem Knoten zusammengebunden hat. Sie ist barfuß und trägt ein hauchfeines lilafarbenes Kleid. Die Szene, die ich auf dem Cello begleiten soll, bestreitet sie völlig allein. Es gibt keinen Text, nur Marybell, ein Fenster, eine Zimmerkulisse, einen Tisch und einen Stuhl.

»Sie wartet auf eine Nachricht von ihrer Schwester, die nach einem Fallschirmabsprung nicht wieder aufgetaucht ist, schwebt also zwischen Angst und Hoffnung«, erläutert Gülschan mir.

Die Szene dauert nur wenige Minuten. Marybell zieht mich durch ihr Mienenspiel und ihre Gesten völlig in ihren Bann. Ich weiß genau, wie es ihr geht, ich fühle es bis tief in jeden Zellkern hinein.

Doch als ich eine halbe Stunde später mit gestimmtem Cello neben Tomas und Nataniel im Orchesterraum sitze, steht mir vor Aufregung der Schweiß auf der Stirn. Ich lausche auf das, was auf der Bühne über mir gesprochen wird, und starre dabei angespannt auf den Ablaufplan. Je näher mein Einsatz rückt, desto heftiger klopft mein Herz.

Dann wird es still auf der Bühne. Ich setze den Bogen auf, schließe die Augen und denke an Marybell und ihr Spiel. Ich sehe, wie sie am Fenster steht und voller Hoffnung und Sehnsucht hinausschaut und schließlich mit hängenden Schultern ins Zimmer zurückkehrt und sich an den Tisch setzt, um kurz darauf aufzuspringen und panisch auf und ab zu laufen.

Meine Finger auf den Saiten und der Arm, der den Bogen schwingt, bewegen sich wie von innen heraus gesteuert. Alles, was ich in meiner Vorstellung sehe,

verwandelt sich in ein Gefühl, das durch meine Hände in das Instrument fließt und den Orchesterraum in melancholische und dramatische Klänge hüllt.
»Wahnsinn!«, ruft Gülschan zu mir herunter. »Du bist genau die, die wir brauchen.«
Tomas und Nataniel applaudieren und auch Valeska klatscht lachend in die Hände.
»Himmel, noch mal, Yella«, sagt sie. »Wie konntest du nur behaupten, dass du nicht besonders musikalisch bist! Nino flippt aus, wenn er das hört.«

Wenn Nino tatsächlich richtig ausgeflippt ist, hat er es wohl mehr im Stillen getan. Auf jeden Fall ist die Generalprobe – und zwar nicht nur, was mich betrifft – ganz toll gelaufen. Es hat nur einen einzigen dusseligen Patzer gegeben, der allerdings von allen eher als gutes Omen gewertet wird.
»Generalproben dürfen nicht glatt gehen«, sagt Gülschan, »sonst klappt die Aufführung nicht.«
»Das redet ihr euch doch nur ein«, erwidere ich lachend.
Ich bin total aufgekratzt und schaffe es kaum, ruhig auf einer Stelle zu stehen.
»Schon möglich«, meint Nino. »Das ändert allerdings nichts an den Tatsachen.« Er nickt mir zu. »Auch wenn es bloß ein Sprichwort ist, Glauben versetzt eben doch Berge. Im negativen wie im positiven Sinn. Du warst jedenfalls phantastisch!«
»Und ich habe einen Bärenhunger«, sagt Piet. »Und außerdem kenne ich eine ganz zaubervolle junge Dame,

mit der ich schrecklich gerne eine Pizza essen gehen würde«, fügt er zögernd hinzu. Dabei linst er Valeska so hinreißend schüchtern von unten an, dass selbst mir ganz schwummerig ums Herz wird.
Ich registriere ihr Lächeln und ihr zaghaftes Nicken, und dann denke ich plötzlich nur noch an Justin.
Justin, Justin, Justin.
Meine Gehirnzellen sind völlig berauscht von der Theateratmosphäre und den Ereignissen an diesem Nachmittag. Alles kommt mir so unwirklich vor und auf einmal habe ich eine unbändige Lust, etwas total Verrücktes zu tun.

Mam glaubt mir natürlich kein Wort. Sie starrt mich nur an und kriegt ihre Klappe kaum noch zu.
»Das gibt es nicht, Yella«, stammelt sie immer und immer wieder. Schließlich fällt sie mir um den Hals. »Oh, ich kann dir gar nicht sagen, wie froh ich bin, dass du …«
»Was?«, frage ich. »Mich endlich eingekriegt habe?«
»Nenn es, wie du willst«, sagt meine Mutter lachend. Sie drückt mich so fest an sich, dass ich akute Atemprobleme bekomme.
»Mam«, japse ich, »krieg du dich bitte auch wieder ein. Das ist nur ein kleines Amateurtheater, weiter nichts!«
»Ach was, weiter nichts«, erwidert sie und lässt mich wieder los. »Jetzt stell dein Licht mal nicht unter den Scheffel. Ich werde vor Stolz auf dich wahrscheinlich in fünfzigtausend Teile zerplatzen.«
»Mam, du übertreibst.«

»Und du freust dich nicht«, wirft sie mir vor.
»Natürlich tu ich das«, widerspreche ich energisch.
Sie schaut mich total ernst an und nickt schließlich.
»Das ist gut. Es wäre nämlich schade, wenn du …« Sie stockt.
»Was?«
»Ach nichts.«
»Jetzt sag schon«, beharre ich. »Bitte, Mam.«
»Nein, nein, nein!«, ruft sie und wedelt abwehrend mit den Händen herum. »Es war ganz und gar unüberlegt und …«
»Ich bin nicht mein Vater«, sage ich und würge damit ihre überflüssige Entschuldigungstammelei ab. »Ich bin ich. Keine Ahnung, was das bedeutet. Das Einzige, was ich weiß, ist, dass ich eine klasse Mutter habe und super Freunde. Dass ich mein Cello liebe und vielleicht …« Jetzt stocke ich.
»… vielleicht noch jemand anderen«, hätte ich beinahe gesagt.
Und natürlich springt Mam die Neugier fast aus den Augen.
»Vielleicht was?«, fragt sie grinsend.
»Ach nix«, sage ich nun. »Auf jeden Fall muss ich noch mal weg.«
»Was? Jetzt?«
»Ja, jetzt sofort«, sage ich und hole den Cellokoffer aus meinem Zimmer.
Meine Mutter macht große erstaunte Kinderaugen und zeigt auf das Instrument.
»Was, mit dem Ding da?«
»Ja.«
»Und wohin?«

»Zu einer Freundin«, sage ich.
»Valeska? Aber da kommst du doch gerade her.«
»Nein, Mam«, sage ich, »nicht zu Valeska.«
Sie hebt die Augenbrauen.
»Also zu Kirsty?«
»Mam«, sage ich. »Lässt du mich jetzt bitte vorbei?«
»Willst du nicht erst mal was zu Abend essen?«
»Ich kriege jetzt sowieso nichts runter.«
Meine Mutter zieht geräuschvoll Luft in ihre Nase und macht keinerlei Anstalten, mich zur Wohnungstür zu lassen.
»Es ist wichtig«, sage ich. »Sehr wichtig. Und wenn ich es jetzt nicht tue, mache ich es vielleicht nie mehr.«
Sie schaut mich noch einen Augenblick halb belustigt, halb skeptisch an.
»Erzählst du es mir hinterher?«, will sie wissen.
»Nur, wenn es gut ausgeht, sage ich.
»Versprochen?«
»Nein«, sage ich und drücke ihr grinsend einen Kuss auf die Wange.

Es ist ein seltsam vertrautes Gefühl, mit dem Cellokoffer durch die Gegend zu laufen. Allerdings merke ich erst jetzt, dass ich mit dem Ding ziemlich auffalle. Und das erfüllt mich – ganz anders als früher – mit Stolz.
Da die Straßenbahntüren in der Regel ziemlich schmal sind, entscheide ich mich für die U-Bahn, in die ich mein Instrument ohne Mühe hineintragen kann. Auf einem Viererplatz weiter vorne entdecke ich Friederi-

ke, Iris und Colleen. Ich schiebe mich mit dem Koffer bis zu ihnen durch. Iris bemerkt mich als Erste.
»Hey, ich glaub ich hab was an den Augen«, sagt sie und schaut mich ungläubig an.
»Was ist denn?«
Friederike und Colleen, die ihr gegenübersitzen, drehen die Köpfe nach hinten.
»Was dagegen, wenn ich mich zu euch setze?«, frage ich.
Die drei glotzen zuerst einander, dann mich an.
»Bist du sicher, dass bei dir da oben alles korrekt geschaltet ist?«, erwidert Friederike und tippt sich an die Schläfe.
»Jetzt hört doch mal auf mit dem Mist«, sage ich und schiebe mich auf den freien Platz neben Iris. »Eure blöden Sprüche könnt ihr euch echt sparen.«
»Was soll das?«, erwidert Colleen. Sie verrenkt sich fast den Hals, um an dem Cellokoffer vorbei in mein Gesicht zu gucken.
»Ganz einfach«, sage ich. »Ich finde es total daneben, dass ihr ständig über andere herzieht.«
»Über andere?« Friederike zieht ihre Mundwinkel nach unten. »Eigentlich reden wir nur über dich.«
»Und Kai«, sage ich.
»Ja, aber bloß, weil er …«, leitet Iris ihre Verteidigung ein, doch ich lasse sie nicht zu Ende erzählen.
»Jetzt hört mir bitte mal zu, ja«, sage ich laut und bestimmt. »Ihr habt nämlich vollkommen Recht: Bei mir da oben ist in der Tat was fehlgeschaltet gewesen, und es hat eine ganze Weile gedauert, bis ich das gecheckt habe.«
Die Leute auf den umliegenden Sitzbänken glotzen

mich unverhohlen an. Aber das ist mir egal. Sollen sie doch denken, was sie wollen.

»Na super«, freut Friederike sich. »Dann hat unsere kleine Standpauke, die wir dir letztens auf dem Schulhof gehalten haben, ja offensichtlich was genützt.«

»Meinetwegen kannst du das gerne glauben, wenn es dich glücklich macht«, erwidere ich. »Genauso gerne könnt ihr mich weiterhin anrufen und euch über mich und meine Privatsachen Schrott lachen. Ich habe nur eine einzige Bitte: Lasst Kai in Ruhe. Der ist nämlich einer von diesen seltenen Typen, die einfach nur nett und hilfsbereit sind.«

Meine drei Schulkameradinnen werden ziemlich blass um die Nasen.

»Aber wir wollten doch gar nicht …«, stottert Colleen los. »Ich meine, eigentlich finden wir ja, dass du …«

»Schon gut«, sage ich. »Ich weiß, was ihr findet. Und ich habe übrigens auch nichts gegen euch. Von mir aus können wir in Zukunft ganz normal miteinander umgehen.«

Colleen, Iris und Friederike sehen sich schulterzuckend an.

»Ja, dann«, meint Iris und grinst verlegen.

»Vielen Dank, Mädels«, sage ich und stehe auf. »Die Nächste muss ich raus.«

Colleen hebt die Augenbrauen.

»Ludwigstraße?«, fragt sie verwundert. »Da wohnt doch Noel.«

»Ja«, sage ich. »Aber zu dem will ich nicht.«

»Bitte, bitte, sei zu Hause«, murmele ich.

Ich werfe einen Blick auf Noels Fenster, denke schweren Herzens an Kirsty und gehe rasch weiter. Meine Beine fühlen sich an wie Weingummischnüre und das Herz klopft mir bis zum Hals. So aufgeregt wie in diesem Moment bin ich zuvor noch nie gewesen. Fast rutscht mir der Koffer aus den feuchten Händen. Ich öffne ihn, hebe mit zitternden Fingern das Cello heraus und frage mich, ob ich in dieser Verfassung überhaupt spielen kann.

Du hast nichts zu verlieren, rede ich mir Mut zu. Wenn er nicht da ist oder wenn er dich nicht hört oder hören will, dann ist das bitter. Bitter und peinlich. Und verdammt wehtun wird es auch. Aber wenigstens wirst du dir dann nicht ständig vorwerfen müssen, dass du es nicht versucht hast.

Ich atme tief ein und langsam wieder aus. Dann schließe ich die Augen und versuche zu vergessen, wo ich bin. Ich sehe Jus vor mir, wie ich das erste Mal auf der Rolltreppe an der U-Bahn-Station mit ihm zusammengetroffen bin. Ich höre jedes Wort, das er sagt, und dann laufen nacheinander alle meine Begegnungen mit ihm noch einmal vor mir ab. Ich sehe seinen warmen Blick und die Sonne in seinen Augen. Und ich spüre seine Hände auf meinem Rücken und seinen Atem an meinem Hals.

Es tut mir so Leid, denke ich.

Dabei weiß ich nicht einmal, was ich genau für ihn empfinde. Ich wünsche mir einfach nur von ganzem Herzen, alles, was mit ihm zu tun hat, noch einmal auf Anfang drehen zu können. Dieser Wunsch wächst mit der Melodie, die zuerst ziemlich zittrig, doch schließ-

lich absolut sehnsuchtsvoll von den Saiten meines Cellos zu Justins Haustür hinüberschwingt …
Plötzlich ertönt zu meinen Füßen ein Klirren. Ich zucke zusammen, der Bogen rutscht ab und ich öffne die Augen.
»Entschuldigung«, sagt ein rundlicher älterer Herr mit freundlichem Gesicht. »Ich wollte sie nicht erschrecken, junge Dame.« Er lupft seinen Hut, lächelt mir zu und geht langsam weiter.
Mein Blick fällt in den geöffneten Cellokoffer, aus dem mir drei Euromünzen entgegenblinken.
»Das ist immerhin ein Anfang«, sagt Justin.
Obwohl er direkt vor mir steht, bemerke ich ihn verrückterweise erst jetzt. Wie in Trance lasse ich den Bogen sinken und starre ihn an.
»Hi, Yella«, sagt er. Sein Gesicht ist ganz ernst. »Du kannst toll spielen.«
»Ja«, krächze ich. »Ich …«
Er lässt mich nicht ausreden.
»Aber das da, das ist ein Instrument und ich bin ein Mensch«, sagt er leise. »Ich habe echte Gefühle.«
»Es tut mir Leid«, fange ich an zu stammeln. »Ich wollte nicht … Ich meine, ich wollte sagen, dass mir das Cello hier total wichtig ist und ich es niemals dafür benutzen würde …«
»Jetzt sag nicht, dass du doch in mich …« Justins Pupillen weiten sich hoffnungsvoll, doch dann schüttelt er den Kopf. »Und was ist mit deinem Freund?«
»Nichts«, sage ich. »Also, ich meine, mit Noel ist alles geklärt.«
Jus mustert mich skeptisch und ich frage mich, was ich noch tun soll. Wenn ihn meine Musik schon nicht

ins Herz getroffen hat, dann bin ich am Ende meiner Weisheit. Letztendlich bleibt mir jetzt nur noch die Wahrheit.

»Also«, beginne ich und glotze dabei auf sein Sweatshirt, weil ich es einfach nicht mehr aushalte, in seine Augen zu sehen. Mein Hals ist wie zugeschnürt. »Es ist erst ein paar Tage her, dass Noel Schluss gemacht hat. Es hat mich total umgehauen, weil ich dachte, das zwischen uns, das ist die große Liebe. Aber ich habe mich geirrt. Eigentlich wussten wir gar nichts voneinander. Unsere Beziehung war ziemlich oberflächlich. Bloß kapiert habe ich das erst jetzt.«

»Und jetzt ist es nicht mehr die große Liebe?«, fragt Justin. »Deine Gefühle für ihn sind einfach so verschwunden?«

»Ja …«, sage ich.

»Und du kannst dich gleich wieder in einen anderen verlieben? – In mich?«, erwidert er ungläubig.

»Mensch, Jus, mach es mir doch nicht so schwer«, stoße ich hervor. Ich hebe den Kopf und gucke ihn flehend an. »Warum vergessen wir Noel nicht einfach und meine blöde Antwort auf deine Mail auch …?«

»Blöd?«, erwidert er. »Ich fand sie eher ehrlich.«

»Trotzdem hätte ich sie besser nicht abschicken sollen«, sage ich. »Es war unüberlegt. Ich habe mich mies gefühlt, weil ich dich anfangs bloß benutzt habe und …«

»Anfangs?«

»Ja, Jus, anfangs«, sage ich. Mein Kehlkopf vibriert und meine Stimme klingt total zittrig. »Ich konnte doch nicht wissen, dass du so ein feiner Kerl bist.«

»Fein?« Justin mustert mich skeptisch. »Stimmt«,

meint er schließlich. »Das wollte ich immer schon mal sein.«

»Du, Blödmann …!«

»Noch lieber wäre es mir allerdings, wenn du mich auch ein bisschen mögen würdest«, sagt er.

Aber das tu ich doch, denke ich, über die Lippen kriege ich das allerdings nicht. Für meinen Geschmack haben wir ohnehin schon viel zu viel geredet.

»Können wir nicht endlich das Gequatsche lassen und einfach da weitermachen, wo wir am Freitag in der Straßenbahn so überstürzt aufgehört haben?«

Justin hebt eine Augenbraue.

»Wir?«, fragt er und ein winziges Grinsen umspielt seine Mundwinkel. »Überstürzt?«

»Ja«, sage ich, »du wolltest viel zu schnell …«

»Und du?«, unterbricht er mich. »Du bist viel zu schnell … weggelaufen.«

»Ich hatte Schiss, Jus«, murmele ich. »Ich hatte einfach Schiss und außerdem …«

»Das will ich jetzt gar nicht mehr hören, Yella«, sagt er leise. Er streckt seine Hand aus und streicht mir über die Wange. Sanft wandert sie meinen Hals entlang und legt sich in meinen Nacken.

»Aber das andere, das will ich immer noch«, wispert er. »Ich weiß, es ist ein ziemliches Abenteuer, auf das ich mich da mit dir einlasse, aber ich will trotzdem nichts anderes …«

Mir ist siedend heiß und ich höre auf zu atmen. Ich sehe nur noch seine wunderschönen Augen und die Sonne, die immer größer wird. Und dann spüre ich seinen Bauch an meinem, die Hand in meinem Nacken und die andere, die sich zärtlich auf meinen Rücken legt,

und dann seine Lippen … warm und fest und weich zugleich. Zitternd schmiege ich mich in seine Arme, öffne meinen Mund und küsse ihn ebenfalls. Mit meiner Zunge streichele ich seine und er streichelt mich wieder. Es ist so schön und so zärtlich, wie ich es noch nie erlebt habe. Es ist einfach Wahnsinn, und erst, als ich eine unendliche Ewigkeit später die Augen wieder öffne, merke ich, dass ich in meinen Händen immer noch das Cello und den Bogen halte.
»Hättest du eigentlich mit mir geredet, wenn ich einfach bloß geklingelt hätte?«, frage ich.
Justin schüttelt den Kopf.
»Nein, ich hätte gedacht, dass du mich wieder nur belabern willst. Als ich die Musik hörte, hab ich zuerst ja auch nicht gedacht, dass sie mir gilt, aber neugierig war ich schon. Und als ich dich hier unten stehen sah, wäre ich am liebsten sofort aus dem Fenster gesprungen, um dich in die Arme zu nehmen.«
»Und warum hast du es nicht getan?«, frage ich und küsse ihn auf die Nasenspitze.
»Findest du nicht, dass es ein bisschen arg kitschig gewesen wäre?«, erwidert er und küsst mich auf die Augen.
»Nein«, sage ich grinsend. »Ich hätte mir eher Sorgen darüber gemacht, dass du vielleicht nicht ganz sauber gelandet wärst.«
Er grinst ebenfalls.
»Du unterschätzt mich.«
»Du mich auch«, entgegne ich.
»Das hab ich schon gemerkt.« Justin nimmt mir Cello und Bogen aus der Hand und legt beides in den Koffer. »So«, sagt er. »Und jetzt machen wir das Ganze noch

mal richtig. Soweit ich mich erinnere, hattest du das Ding in der Straßenbahn nämlich nicht dabei …«
»Das Ding …!«, will ich protestieren, aber weiter komme ich nicht, denn da liegen Justins Lippen bereits wieder auf meinen.
Ich schlinge meine Arme um ihn herum, spüre sein Sweatshirt, seine Muskeln und seine warme Haut und bin einfach nur noch glücklich.

Mams SMS checke ich erst, als ich schon fast wieder zu Hause bin.

Alles in Ordnung, Yella?

»Ja, Mam, es ist alles total in Ordnung!«, rufe ich, kaum dass ich im Flur bin.
Ich lasse die Tür ins Schloss fallen, stelle den Cellokoffer ab und jumpe aufs Wohnzimmer zu, von wo aus meine Mutter mir bereits entgegenkommt.
»Yella!«
Ich fliege ihr um den Hals und drücke sie an mich.
»Ach, Mam, ich glaube, ich bin zum ersten Mal wirklich richtig verliebt.«
Sie drückt mich ebenfalls, dann schiebt sie mich ein Stück von sich weg und schaut mich erwartungshungrig an. »Justin?«
»Justin.«
»Na, wunderbar«, freut sie sich und küsst mich auf beide Wangen. »Ich habe übrigens auch eine gute Nachricht für dich.«

»Du weißt, wo mein Vater ist …!«
Mam schüttelt den Kopf. »Nein, leider nicht.«
Ich spüre einen leichten Stich der Enttäuschung. Dabei weiß ich genau, wie unwahrscheinlich es ist, ihn zu finden. Innerlich bin ich ihm inzwischen zwar so viel näher gekommen, dass diese innere Unruhe, die bohrende Frage danach, wer er überhaupt ist, verschwunden ist. Aber dafür ist die Sehnsucht nach ihm gewachsen. Und deshalb will ich auch die Hoffnung darauf, ihn vielleicht eines Tages doch noch treffen zu können, nicht aufgeben.
»Kirsty hat angerufen«, sagt Mam. »Schon zweimal.«
Und das soll eine gute Nachricht sein? – Nee, nee! Garantiert ist sie inzwischen aus ihrem Schock erwacht und will nun endlich ihre ganze Wut über mich ausschütten.
»Du sollst sie bitte zurückrufen«, sagt Mam. »Sie ist zu Hause.«
Wie in Trance greife ich zum Telefon. Okay, soll sie mich beschimpfen, immerhin bin ich ihr weit mehr als das schuldig.
Es tutet viermal, dann meldet sie sich.
»Ja, hallo, hier ist …«, stammele ich.
»Yella!«, ruft Kirsty. Es klingt überhaupt nicht wütend. Im Gegenteil. »Du glaubst nicht, was Noel mir erzählt hat!«
»Noel? Heißt das, es ist alles wieder in Ordnung zwischen euch?«
»Na klar.«
Ich kann nicht anders, ich muss lachen. Aus lauter Fassungslosigkeit.
»Er wusste nicht, dass du Cello spielen kannst«, sagt

Kirsty. »Obwohl ihr ein halbes Jahr zusammengewesen seid.«
»Stimmt«, sage ich.
»Und heute stehst du bei ihm auf der Straße und spielst einem Typen aus der Nachbarschaft ein Liebesständchen!«, ruft sie.
»Das hat er gesehen?«
»Ja, das hat er«, bestätigt Kirsty. »Hätte ich übrigens auch gerne.«
Ich höre sie geradezu grinsen.
»Kirsty«, sage ich. »Ich kapier das alles nicht. Du müsstest mich hassen.«
»Tu ich ja auch, du dumme Nuss«, erwidert sie lachend. »Aber was soll ich machen, irgendwie mag ich dich auch. Und so durch und durch schlecht kannst du ja eigentlich nicht sein … Es sei denn …«
»Was?«, frage ich erschrocken.
Den dicken Hammer hat sie sich also doch bis zum Schluss aufgespart.
»… du lässt mich mein Handy mutterseelenallein von der Polizeistation abholen.«
»Nein«, sage ich und atme erleichtert auf. »So etwas würde ich natürlich *nie* tun«, füge ich leicht ironisch hinzu.
»Ja, ja«, meint Kirsty.
Ich kann geradezu hören, wie sie noch breiter grinst.
Wir verabreden uns für den nächsten Nachmittag und stellen vergnügt fest, dass wir später dann sogar gemeinsam zu unseren Freunden fahren können.
Überglücklich trage ich mein gutes altes Cello in mein Zimmer, und als ich es neben dem Kleiderschrank ablege, sehe ich plötzlich Nella vor mir.

»Vergiss es«, murmele ich. »Eigentlich hast du mir damals einen großen Gefallen getan, als du mir Luca weggenommen … Nein, falsch, als du dich in Luca verliebt hast.«

fi 85236 / 1